萩ルイ子集成詩集　一九七三～二〇一九

鬼火　도깨비불

目次

II

III

3章 詩集『わたしの道《ナエギル》』

I

II

III

4章　詩集『愛の迷路』より

5章　拾遺

6章　エッセイ

1章　詩集『幼友達』より

スヴィドリガイロフは更に三分ほど窓辺に立っていた。やがて、ゆっくり向き直ると、あたりを見まわし、しずかに掌《てのひら》で顔をぬぐった。異様なうす笑いがその顔をゆがめた。みじめな、悲しい、弱々しい笑い、絶望の笑いだった。もう乾いた血が、彼の掌を汚した。彼はむらむらしながらしばらくその血をにらんでいたが、やがてタオルを水にぬらして、こめかみをきれいに拭《ふ》いた。ドゥーニャが投げて、ドアのそばにころがっていた拳銃が、不意に彼の目についた。彼はそれを拾い上げて、点検した。それは古い型の小さな懐中用の三連発拳銃だった。中にはまだ弾《たま》が二発、雷管が一つのこっていた。一度は射てるわけだ。彼はちょっと考えて、拳銃をポケットに入れると、帽子をつかんで、部屋を出た。

新潮文庫『罪と罰（下）』（ドストエフスキー作・工藤精一郎訳）より。

さようならの哀歌《エレジー》*

ひなびた北国の浜辺で
夕焼けに向かって　トランペットを吹く
漂白された砂に
漂泊した想いが散らばる

私は昼顔になりたい
午後の二時から五時まで
銅色《あかがねいろ》の胸に抱かれて三十フラン
毛むくじゃらの脚に締めつけられて三十フラン
おお　霊と肉の乖《かい》離よ

聖別のベールはジーザス・クライストとの結婚
水晶をくぐり抜けてきた乙女らの
処女膜を破るのは
聖女づらしたシスターの指

土曜の夕刻　国鉄大阪駅コンコース
人待ち顔でたたずむ女
掛かった魚と　湯舟で
鱗をそぎ合う

あなたを愛しています
だから　抱かれたくない
他の人となら
いいのです

セヴリーヌ*　あなたは幸せ
ピエール*を愛しつづけた
あなたは幸せ？
ピエールを裏切りつづけた
あなたは不幸せ？
セヴリーヌ　あなたは私じゃない

恋人をレズビアンのようにしか愛せなかった

隠花植物の受精
私の中に男が多すぎた
彼の中に女が多すぎた

ローソクの焔のように揺らぐかに
見えるが
芯は　ダイナマイト
さわらないで

さようなら
としか言いようがありません
恨《ハン》*を解かす薬は
発明されていない

セヴリーヌ　私はあなたじゃない
私は昼顔にはなれない
せいぜい　コンコースの
宵待草

*「さようならのＭＡＲＣＨ」を改作・改題した。
*セヴリーヌ＝ケッセルの小説『昼顔』のヒロイン
*ピエール＝セヴリーヌの夫
*恨（ハン≒恨み）

青の時代——改作——

貘のようにひもじくて
あなたの指をしゃぶってしまった
爪に絡みついたニコチンが
胃袋で増殖し　肝臓に住み　肺をくぐり
心音が止まる
頭髪が頭皮にへばりつく
赤いドレスの褪色
私は等身大の着衣のブロンズになった
あなたは虚ろな笑みを浮かべて
像を部屋の片隅に置く

私の魂は　思い出の中心でむしばまれた
わが不滅の恋よ　ネガティヴ過ぎる
赤いドレスを返して！
部屋の壁面は叫びを吸って
像に吹きかけた　　　すると
ブロンズは
強迫神経症の男の欲望に応答する
アルカイック・スマイル*で

*アルカイック・スマイル＝（初期ギリシア彫刻に見られる）古拙の微笑。唇の両端がやや上につり上がって微笑めいた表情を示すもの。

幼友達（2）

夢の中で小鳥が泣いている。死んだ犬の体からちぎれた陰茎をくわえて泣いている。蜆《しじみ》貝を閉じながら消えていく時間。犬の硬直した屍骸《しがい》のそばに横たわる杉の棺の中には、ネオン色のガラスのネックレスがいくつも縺《もつ》れ合っている。羊をくわえこんだ山羊の背に日が昇りはじめ、丸くかがんだ時間を寸きざみに食べてゆく。

砂丘の上へ積もった雪だ、赤黒い胃からの粘液を受けとめたのは。そそり立つ崖の下に自殺名所はなく、蛇行しながら生きることを強いた運命よ。「今度こそ、両親・親戚すべての賛成を得て結婚したいんだ」と日朝混血のわたしに言い放ったS。許そう。許し合おう。いとわしい情事と会えなかった幼友達との会話が、かわるがわる打ち寄せた。

夢の中で小鳥が泣いている。死んだ犬の体からちぎられた尻尾で首を絞められながら、あえぎあえぎ泣いている。聴診器の臭いがする接吻。二卵性双生児は羊水の中で抱き合っている。かがみこまないと見えない穴があって、糸くずのつもりで引っ張ると這い出てくる毛虫の連続。再び聴診器の接吻。白いシーツの墓石のような凝視《ぎょうし》。埋葬しかない。それでも毛虫は軍隊のように発生する。毛虫をつないで地球の周囲の長さの綱になったらどうすればいい。

映写機を逆回転させる。記憶の法螺《ほら》貝を吹くと朴庸仁《ぼくようじん》がやっと現れた。彼は日韓混血だ。人生は厳しい。朴の父は南でわたしの父は北だった。ああ、彼を探さない方がいいかも知れない。少年たちは焚火《たきび》を囲んでほがらかに合唱している。

沼の四季

鱈《たら》の白子でおおわれた沼　食べてみたい　父《アボジ》は元気だった頃　白子鍋《チゲ》をよく作ってくれた　故国の冬を思い出しながら

十九の春　ダムが決壊するように崩れた最愛の人　いっしょにりんごを買いに行った夕方の散歩　寝る前はほおにポッポ*をねだった父

いちじくの尻が割れる昼下がり　ミルク色の滴《しずく》たらして夏の日が過ぎてゆく
わたしの生成を裏返しにしたまま

口が軽いので何も打ち明けられなかった中学の友　盆の上の食事を食べろと言う　沼地のようなポタージュ　友情に秋が来た

＊ポッポ＝韓国語でキスの意。

究極的プラトニック・ラブ

愛があって
素っ裸の心臓と心臓がこすり合っている
首から上がなく
つまり　女は美人でも醜女《しこめ》でも
男は二枚目でも醜男《ぶおとこ》でも
どの女とどの男の組み合わせでもよい
素っ裸の心臓と心臓がこすり合って
女の心臓がこと切れる
男の心臓はビックリして
〝いのちの電話〟へ電話する
「私も死にたいのだが、どうすればいいか」と
〝いのちの電話〟は
「すぐ救急車を呼んで、亡くなった女性の心臓とあなた
の心臓を交換してもらいなさい」と
親切にアドバイスする

はて　首のない男の心臓は
首も命もない女の心臓をかき抱いて
アジャラカタブラアジャラカタブラと唱えながら
犬のようにペロペロなめ始めた
はてさて
女の心臓は　むっくりと運動を回復する
美人と醜男か二枚目と醜女かわからぬが
この一組の心臓たち
〝いのちの電話〟へ
「いずれにしてもありがとう」と礼を言い
テーブルにすすきを飾って大はしゃぎ
それから手に手を取って
もう一ラウンド愛し合うための
腹ごしらえに出かけた

群生――改作――

まばゆい黄金色《こがねいろ》の花房を墨でうすくなぞらえた濃彩色のお花畑。ヴァン・ゴッホが生きていたら、きっと絵筆を取った熱い衝動が数万本の絡み合った根元を伝ってくる。時には埋立地に捨てられたゴミの山を彷彿《ほうふつ》させ、時にはウクライナのひまわり畑のごとく艶麗だ。お前の可逆性が私を立ち止まらせる。見つめさせる。お前を厭《いと》いながらお前にあこがれながら眠りについた。蒸し暑さが不吉なプロローグをかなでる。真夏の早朝としてはめずらしく清々しい朝、草花の群れは冷気に頬をなでられて黄金《おうごん》の乳房をプルルンとふるわせる。あざやかに磨かれて飛翔《ひしょう》する花粉。不協和音など吸い込まれてしまうほどの生命力……ガスマスクを被った十数人のカーキ色の男たちが出現した。何が始まるのだろう。ガスバーナーがのろしを上げつつ喀血の火を吐く。花粉が消し飛び茎はごうごうと黒い呻《うめ》き声を挙げて火あぶりを呪う。全体が暗雲垂れ籠《こ》める毒ガス島に変わるのに十分とかからなかった。やめて、私のお花畑を壊さないで。あんたらは何の特権を行使しているの。私のお花畑を殺さないで！　根っ子が燃え尽きなければ望みはある。起きろ、起きて止めに行くんだ。二キロを六分で駆けた。激しい鼓動を制御したのは黒煙ではなかった。ほの明るい眼前には見事にならされた平地。蔓の細い一筋すらない凌辱の後の黒光りする地に、高くそびえる白いビルディング。――本社。何事もなかったかのように平然と社名は刻字されていた。人工の街で、たったひとつの友だったんだ、黄《こ》金色《がねいろ》の花房は。まだこれからいろいろ建つようだ。――銀行建設予定地、――海上火災所有地。二枚の板きれがしっかと主張している。すべてが夢であるような気がしてきた。私は足を捥《も》ぎ取られた幽霊のように虚ろな眼《まなこ》を、白亜の建物に向けずにはいられなかった。確かに美しい。こざっぱりと立派に見えるさ。だが、それが何だ。春夏秋冬同じようにこのビルは奇麗だろう。つんつるてんの壁を陽《ひ》にさらしても、雷雨に打たれても、うんともすんとも発語しない。無期懲役の末にバッサリ破壊される死刑囚。ピラミッドより勇壮なビルが建っても死んだお花畑にかなうものか。
たった一本殺戮を逃れた優性の根っ子が、板きれのすぐ前の土を破った。すばやく地下へ幾本も腕をのばし失われた姉妹の復活をねらう。天をめがける茎に生命がともり、黄金《おうごん》の冠をいただいた壮大な群生は今、蘇《よみがえ》る。

参考資料
映画『ひまわり』（出演はソフィア・ローレン、マルチェロ・マストロヤンニなど）

私は告白する——改作——

若い女がクレバスに挟まっている
上半身を氷上に出し
のけぞって　長い髪を振り乱し
安火鉢の後頭部を　幼児《おさなご》のきかん気で
氷に打ちつける
煮詰まった金属音が　放散する
ちがう　ちがう
父の額が割られた日
割れ目から　燭光がさし
私がぬうるりと抜け出た時
灼熱の讃歌が
太陽と地上を駆けめぐった
音色よ戻れ　音色よ戻れ
氷に当たった部分から

髪の毛が凍りはじめ
氷結が十万本の毛先まで達した
一本一本が触手を持って
顔をはがい締めし
両頬から　食う

私の故郷は　どこにあるのか？
私の血液の化学式を教えて！
入れかえられた血を携えて
緑深い森の湖に身を沈めても
湖の水と血は分離しない

母さん　どうして
昔の父の恋敵の話なんか聞かせるの
若い父の胸で踊っていた
金のチェーンネックレスの話をして
私は父の頭から生まれたのか？

聖女は異教徒を生む子宮を持たないかのように見えたが
誕生日が一日違いの母と私は
下半身肥大のアマゾネス*に
追いつめられながらも
手と手を固く握り合ってきたのだ
歯がみする下積みの季節の中で

十九の春　ゼウス*としての父は死んだ
今でも　父を愛している
今でも　父を憎んでいる

*アマゾネス＝『ギリシア・ローマ神話』（ワイド版岩波文庫）によれば、アマゾンという女ばかりの国の女達の呼称。その女達は戦争が好きで、彼らの習慣ではただ女の子供だけを成長させることになっていた。

*ゼウス＝ローマではユピテル。ギリシア神話でオリンポス主神。ゼウスは神々と人間の父と呼ばれているが、彼にも父はあり、クロノスがその父親で、母親はレアという。クロノスとレアは巨神族に属していた。この種族はカオス（混沌《こんとん》）から生まれた「地」と「天」の子供である。

白い男

ある詩の朗読会の帰りだった
列車の中は10時を5分過ぎている
私はハンドバックからペーパーナイフと口紅を出して
ペーパーナイフの刃に唇を映して
くっきりと赤い輪郭を描く
斜め向かい5メートルほど離れた席の
金髪でメガネをかけた背の高い白人の男の目が
私のいらだたしげな目とぶつかって
俺はＣＩＡだ　と言った
情報部員ではなくて事務職員の方だから
安心しろ　と畳み掛ける
ＣＩＡがＣＩＡだと漏らしたら任務は遂行できないじゃ
ないですか
と目で問うと
君みたいに好奇心を孔雀の羽根のように広げている女に
は
結構受けると思ったから
と口を固く結んで鼻から声を吐く
あなたがＣＩＡであろうとなかろうと
情報部員であろうと事務職員であろうと
どっちだってかまわないから
私を抱いてくれ　とものも言わずに
5メートルすっとんで詰めよったら
黄色とは寝ないことにしている
とそばかすだらけの顔をまともに向けて
ニンマリ笑う
あなたは白人だから黄色い女の子を救える
つい数年前までは
インドシナの健気な国の黄色い女の子を
地球的規模で言えば
遠い昔から
黄色い女の子や黒い女の子を
蟻を捻りつぶすように数えきれないほど

もて遊んだんだから
今　この時陵辱できないはずがない
さあ抱いてみろ
と膝に乗りかかったら
白い男の顔中のそばかすが
ガラスの破片のように空中に飛び散った
白い悲鳴をあげながら
その男の喉は私の手に握られていたペーパーナイフで掻
き切られた
私の口中は白い男のそばかすでごわごわだ

友達——改作——

病院の地下室は引き取り手のない死体でいっぱいだ　死体が少ない日は看護人達は輸血用の血液で乾杯する　Ｍが自ら進んで入院した日　幸いにも前日は死人が出なかったので　看護人達は鼻先を赤く火照らせて鼻歌を歌っていた　早い夕食を他の患者達とともに取りながら　Ｍは世界の裏側に来てしまったと思った　人間が人間としての羞恥心を奪われて　雑巾で恥部を隠すようになる国人間の手の動きに合わせてピンポン玉が動くのではなくピンポン玉の動きに合わせて人間の手が動く国　その夜Ｍは私が彼女の居所をさがしあてて　好物のグレープフルーツを持って見舞いに来る夢を見た　翌日私ではなくてＭの母親が見舞いに来た　あちらの世界の人とは言葉が通じないから　とＭはあちらの世界の母親の目を白いスクリーンを見ているかのようにぼんやり見て　私には会いたくないと言った　Ｍが今の世界に渡ってしまう以

前でも　二人が肩を張らずに話ができる場所は非常に限られていて　Mの今いる国との境界　ちょうど布で作った地球儀のファスナーに当たる部分でしか二人は会えなかった　会う時はいつも互いの健康を確認することを怠らなかったが　別れる時はMが表側への切符を買い　私が裏側の国へ救急車で連れ去られることもあった　そんな時Mは目に涙をいっぱいためて　その涙の粒ですき透るような数珠を作って　彼女だけのやり方で一日も早く私が表側の世界に帰って来るように祈った　Mの心の中では　二人はシャガールの絵の中の恋人たちのように斜めに寄り添って世界と対峙していた。

夕焼けを素直に美しいと感じなくなった私には　Mの今いる国からビザが下りない　二人は共通語を無くしたまま　私の耳孔から〈この世界に長く居ると人格が荒廃するね〉というMのふりしぼるような声が抜けてゆく　私のまぶたの裏で　広隆寺の弥勒菩薩の微笑を浮かべながらMは小さな甥のケープを編んでいる　その微笑をもう一度目の中に畳んで　私は以前のように夕焼けの美しさを感じたいと思う　だがそんな私の願いを嘲笑うかのように　裏側の世界でMの重量は増えてゆくのだった　病院の地下室は栄養失調で死んでゆく者達の墓場になっているから　重量の大きい患者に医師達は好奇の目を注ぐ　患者達の栄養失調は医師達が皆　表側の人間であるところに原因がある　医師は患者にパンしか与えられない　私の耳孔から〈この世界に長く居ると人格が荒廃するね〉というMのふりしぼるような声が抜けていったように　医師は両の耳孔をどんなに大きく開いても鼓膜でMの声を弾いてしまう　医師の中耳にMの声による鼓膜の振動は　まだ一度も伝わっていない。

タンツ――改作――

一九四三年二月×日の夜、ベルリンに空襲はなかった。アパートメントの階段をブロンズの軍服に包まれた長大な脚がきしませた。だが扉の隙間から闇をうかがっている安堵《あんど》に飢えた眼の群れを射たのは、脚の長さではなく脚を被《おお》うズボンの縦の赤い二本の線だ。赤い二本の線――それはナチス・ドイツ将軍であることをしか意味しない。いましがた将軍が出てきた部屋から散った、闇を引きちぎらんばかりの女の悲鳴が新しい。娼婦は下腹部を三十ヵ所ほど切り刻まれていた。

タンツ、タンツ将軍よ
あなたの病《や》んだセクスがいとしいほど哀れだ
哀れなほどにいとわしいのだ
ゴッホ　晩年の自画像に磁気反応を受けて
ホテルの窓ガラスを割ってしまったあなたは
私の横顔を映す曇りのない鏡《ミラー》
あなたの病理は私にはわからない
だが　あなたの憤懣《ふんまん》はわかる
どうしてローザを食いちぎったの
なぜアンナを引き裂いたの
なんて言ってみても　ナンセンスか
そこに女がいた
将軍には許せない嘘の笑いで固めたアイシャドウとルージュが
カフェで　あなたを飲み込もうとしたから

一九六五年×月×日、ネオ・ナチの結成記念祝賀祭は華々しいファンファーレとともに開かれた。ただひとり遅れてきた老人は、その失態に逆比例する丁重さで貴賓《きひん》席へ案内された。テーブルには目も眩むばかりのパーティ料理と華麗な花々。演説を求められて老人は立ち上がった。そのままマイクへ向かうのを、つと思い返してワインを口にした。演説は流れ出ようとしていた。聴衆は古き良き第三帝国の夢に浸らんとしていた。〝ごほんっ〟とぎこちない咳払いをしたまま、数分間老人は立ちつくしている。人々の期待は増すばかり。だが、ワインの湿りを残している唇は一言も発しない。その時だ。人々の視線は奇怪な現象に奪われた。老人の顔面は自分の死に際を見た人のように蒼白で、その硬直が顔から首、首→肩→両手→胸→腹→腰→両足→爪先にと金属内の熱伝導のごとくすばやく正確に進んだ。老人の身体はいまや一本の細い鉄骨を芯にしたでくのぼうに過ぎない。参席者には老人がミイラになったのかと思われるほど、無限の時が流れていった。

突如　沈黙を破ったのは――

あんな、ろーざ、えるま

あんな、ろーざ、えるま

癲癇《てんかん》の発作時のように口の周りを泡だらけにして男は吠えだした。

あんな、ろーざ、えるま

あんな、ろーざ、えるま

(……………………聴衆　茫然と見入る。会場の右隅から囁《ささや》きが漏れる。囁きは左隅へも伝播して、数分後には会場全体を混然とおおった。ホールの床が揺れている。どこかで〝舞踏病？〟という発音。………………………)

ちょうど四~五本の糸で操作される操り人形を想像してもらいたい。男の腰は完全に関節が外れてしまって、上半身と下半身がわずかに数本の筋《すじ》でつながっているだけだ。胴体と四肢は同じ人間のものとは思われないほど、バラバラにそれぞれの舞踏を独立して演じている。全体として見ると何の規則性もない痙攣《けいれん》が波のように派生していく。しかし、各部分は恐ろしいぐらいの的確さでそれぞれの痙攣の型を踏襲していた。

(人々　席を立ち始める。主催者はおろおろしながら老人の周りを十周する。誰も老人の眼を見ない。………

……聴衆全員消える。百五十四個の椅子と狂人《クルイスト》
ダンスの対話。………………………………………
………………）

あんな、ろーざ、えるま
あんな、ろーざ、えるま

〝ペッ〟と痛々しいほど鮮やかな血にくるまれた内臓の切れ端を吐いたなり、永遠に続きそうだった老人の舞踏は終わった。後には前よりも一層、死人と化した老いさらばえた人型《ひとがた》が残った。干からびて歪みさえしている顔面で、唇だけが生き物のように紅くチカチカ光っている。

参考資料
映画『将軍たちの夜』（ピーター・オトゥール主演　オマー・シャリフ共演）

2章　詩集『白磁』

田《た》も畑《はた》も賣《う》りて酒《さけ》のみ
ほろびゆくふるさと人《びと》に
心《こころ》寄《よ》する日《ひ》

やや遠《とほ》きものに思《おも》ひし
テロリストの悲《かな》しき心《こころ》も——
近《ちか》づく日のあり。

地圖の上朝鮮國にくろぐろと墨をぬりつつ秋風を聴く

『啄木歌集』（石川啄木作・岩波文庫）より

Ⅰ

錐

いくら待っても来ぬ人を
待ちわびて　仕方なく
デパートをブラつく
ああ　何という衣類の飽飾
洋ダンスの中の服を全部
ドブ川にぶっちゃけて
素裸になって
あの人に会いにゆきたい
心貧しい女は
夢の中で　不特定多数の男達に抱かれながら
うつつでは　地面から五メートル上の
ペルシャじゅうたんの上で
錐《きり》のような男に
胸を刺し貫かれたがっている
錐のような男よ
あなたは
いつ　わたしの前に現れるのか
五年先か
十年先か

人の心のやさしさ　暖かさを
十五年前に
乱交シーンのポルノ映画館の中で
落としてしまった女には
そういう風にしか
男と交われないのだ

夕陽が沈む
デパートの店員達は

閉店準備をしている
「錐は何階で売っていますか?」
とたずねようとしたが
ピンク色の頬をした若い女店員の
明るい微笑にたじろいだ

片恋

あなたは疲れている
わたしも疲れている
わたしは求めている
あなたは求めていない

「ナラ」*の話をしながら
四十歳のあなたは
十五歳の少年の風船を
わたしに贈ってくれた

あなたは「乾杯の歌」*のソプラノを欲している
わたしはアルト
孤独という名のバッジを交換して
それぞれ　反対方向の銀河鉄道に乗る

わたしが死んでも
あなたは　せいぜい三日のペシミスト
あなたが死ねば
わたしはオフィーリア*のように
「ナラ」の風船の沼に
沈んでゆこう

*ナラ…朝鮮語で「国《くに》」という意味。

*「乾杯の歌」＝ヴェルディが作曲したオペラ『椿姫』の中の歌。独唱部と合唱部で成り立っている。

*オフィーリア＝シェイクスピアが書いた戯曲『ハムレット』の登場人物で、主人公ハムレットの恋人。

帰還

もっと早く捕虜帰還列車に乗り込むべきであった　私はイワン・デニーソヴィチ*ではなかったのだから　私には黙秘権があったが　あなたは　暖かさとやさしさという混合注射を打ってしゃべらせ続けた　調書は克明に取られた　掬い上げたものの少なさに気づいて　あなたは手紙を書けと命じた　昼夜をわかたず書き送った百通の原色の手紙　はらはらと帯をほどいた巻紙に混じっていた痰　巻紙の文字には目もくれずに　白衣の使命感で痰を採物グラスにのせる手をピストルで撃った　砕かれたのはあなたの手か　あなたの白衣か

干物にしてしまいたい　ナラの話をしているときのあなたの十五歳の少年の風船　乾杯などないのだ　清姫に撃たれなければならない白衣の安珍*の宿命　立場を変えてみよう　私はあなた用の私設「いのちの電話」をホット・

ラインする　待っています　あなたからの電話

たった一本の真紅のバラ欲しさに通い続けた取調室　窒息しそうなほど白く閉ざされた空間で　残酷なほどあなたはズボンをはいていなかった　阻止したもの　プレゼントをもらいつけているあなたの前でふっとんでしまった二千円のケーキ　あなたは　たった一本の真紅のバラを呈示すればよかったのだ　私は形見として持ち帰りバラを氷に閉じ込め　氷室に移して　あかず眺めていただろう

＊イワン・デニーソヴィチ＝旧ソ連の作家ソルジェニーチンが書いた短編小説『イワン・デニーソヴィチの一日』の主人公。

＊安珍清姫《あんちんきよひめ》＝紀州道成寺《どうじょうじ》の縁起に伝わる伝説。熊野参詣《さんけい》途上の若僧安珍に恋慕した清姫は、大蛇となってあとを追い、道成寺で鐘の中にかくまわれていた安珍を焼き殺す。――後略――（『大辞林』三省堂）より。

渓谷

一夜《ひとよ》だけあなたが布団の中に入ってきてくれた
肉体はもぐさのように疲れていて
がっかりしたのでした
わたしの空洞がくわえこむ
あなたの皮膚からにじみ出た油が染みついている
メガネのフレームを骨壷に納め
べっとりした黒髪に触れさせなかった男《ひと》は
渓谷へ落ちてゆく
涙をたっぷり吸って縮緬《ちりめん》のようになった
女の目頭とともに

繕う

大杉のようなあなたが
枝毛だらけの小枝を手折るのは
たやすいのでした
樹皮は固くて
ジャックナイフを突き立てても
樹心には届かない
枝毛の一本一本を顕微鏡で調べながら
そのつど縫針をくれて
逆《さか》剝《む》けを繕えと
おっしゃったあなたの逆剝けは
誰が繕うのでしょうか

きょう　好きになり
あす　嫌いになり
あさって　石つぶて
投げるわたしですから

奪う

失速寸前のわたしが
研ぎ澄ました翼で
苛烈に切り落としたのは
いとしいあなたの頭部だった
生涯の悔恨をこめて
まあるい穏やかな死顔を抱く
血しぶきを浴びて真紅のバラの色に染まる胸

地響きとともに世界が崩れる
虹の色が混濁し
守護神を失ったわたしは
雷鳴におびえる
自らの手で抹殺するという愚行
たったひとつの愛の証《あかし》でもあるかのように
その日の疲労を訴えたあなただったが
友情にさえ駄賃がぶら下がる二人の間では
永遠の訣別には決闘が宿命だった

瓦礫のようなたちくらみを叱咤して
スコップを握り
深く深く土を掘ろう
ああ　わたしの胸は吸った血に侵食されていく
かつて　黄金《こがね》色の実りは積まれて分け与えられていたが
分配！の法則に　わたしのプライドは傷ついていたのだ
どんなに深く土を掘っても深すぎることはない
どんなに苛烈に切ってもあなたは死なない

むしろ　老婆のように骸《むくろ》を抱いて
破滅の光を宿している月の方へ傾いていくのはわたしで
死なないあなたは土中深く埋まりながら
わたしに地上で狂気の舞踏を強いるのだ

薄明

あなたから遠く離れて
季節はまだ秋だというのに
わたしはカラスを道連れの
冬仕度に余念がない
つぎはぎだらけの矜持は
冬装束としては役立たず
蒼空にそびえるポプラの樹を
ゴシック式の聖堂に見立てて
仰ぎ見たりするが
茨のような口をもつわたしを
やさしい風のそよぎも迂回する

りんどうの花が
地面へ向けて逆さまに歌う日に
不安と懐疑でできたガラスの城は
音もなく消え
いやされるだろうか
尾骶骨についている
不可解な尾ビレ

形にならない祈りを探しあぐねる
この宿業の病《やまい》が
わたしの身から解かれる日は
いつかと
あまりの理不尽に身もだえし
薄明を迎える

熱射——改作——

熱せられたフライパンのような
アスファルト道路の上で
蟬があお向けにひっくり返って
死んでいる夏の午後
わたしは　詩《うた》うことを忘れた
カナリヤのように
とぼとぼとスーパーマーケットに
向かっている
ゆですぎた卵のように
Sのプロフィールが
喉につまる

極細の白金線のような
Sの声を
天空に向かって投げると
ブーメランのように
戻ってきた
いちじくの汁のような
乳色の涙

太陽は頭上で燃えている
目の前の架空線が紫色の火花を
発しているのを見て　この凄《すさ》まじい空中の火花だけは
命と取り換えても捕まえたい
と嘆じた*　芥川龍之介のように
わたしは
この野性味たっぷりの
栄養満点の
太陽が欲しい
手を伸ばすと火傷《やけど》しそうだ
急に憂うつになって
コソコソと
お尻を掻いてしまった

太陽は相変わらず
頭上で燃えている

＊〝目の前の……と嘆じた〟は芥川龍之介（一八九二～一九二七）の代表作で遺書とも言うべき『或阿呆の一生』の「八　火花」から引用した。

凍土

言葉はサタンの使者か？
会話では何枚ものオブラートが必要だ
叫びは錠剤の中に圧縮され
わが内なるテロリストは
角を生やして獲物を待ちかまえる
免罪符を使い果したわたしは
自らを撃ち続けねばならないのか
切り捨てる
わたしの痛みに呼応する者を
切り捨てる
風景に委ねようとするやさしい虚偽を

獣《けもの》のように美しいはたちの青年が
アドレナリン＊のドロップを
舌の上でころがして

わたしの顔に吹きつけた
わたしは口から火を吐いて
青年の追撃を阻んだ
かじかんでいた心は
ますます凍ってしまった

すすきの茂る岸壁にしゃがんで
酔っ払いみたいに
人生そのものを吐き出す
雷雨になぎ倒された
セイタカアワダチ草の墓場で
ただひとり
音にならないものを飲み下す

＊アドレナリン＝副腎髄質が出すホルモン。交感神経を刺激する。
止血剤・強心剤に利用（『岩波国語辞典』第七版）

執着

数年ぶりに巡り合った美しいものを
プラモデルの玩具を扱うように
ぞんざいに扱ったので
わたしはしっぺ返しを受けた
ヒリヒリする錯誤の時間を辿れば
地下街に　書店の店頭に　公園に
まるで化学兵器みたいに
あの若者のクローン＊が出没する
わたしの顔面は驚愕で尖り　次の瞬間
安堵と落胆の溜め息を引きずって
若者は別の若者になる

痴呆のように一人芝居を演じる胸を抉っていくモンタージュ＊
あの磨き上げた剣《つるぎ》のような青年が

最後に会った時　飲んでいたバナナジュース
青年の瞳を輝かせた　わたしの黄色い花柄のワンピース
このようなものを　ひと括りにして
海の声を聴きに行こう
砂浜に置かれたビニール袋から
青いアイリスの香りが漂い
半透明の膜が裂けて　中から
磨き上げた輝かしい剣が現れる

*クローン＝生物体の細胞から無性生殖的に増殖し、それと全く等しい形質と遺伝子組成を受け継ぐ別の個体（『岩波国語辞典』第七版）

*モンタージュ＝映画・写真で、いろいろの断片を組み合わせて一つの場面・写真を構成すること。そうして作ったもの。

春

秋の中に春がある
蕁麻《いらくさ》のように辛い思い出は
忘却のインク壷に沈め
新鮮なまなざしで
風にしなうポプラの樹々を見上げる
すっくと青空へ伸びている
清廉なたたずまいに
ささくれた心が洗われるようだ
黄葉したイチョウの葉っぱも
風と興じて
きびきびした小意気なステップを踏んでいる

小さな頭の中で
処理し切れない事が縺れて
眠れない夜には

白い毛糸玉のようマルチーズ*の
無垢なしぐさを　あれこれ
思い浮べることにしている
ジルの大きな黒い瞳には
けなげな生命の滴が満ちている

秋の中に春がある
わたしの弱い眼は
年毎に充血しやすくなっているが
ポプラの樹々が
やさしい風に答えてそよぐように
白い飛行船のような雲のかなたから
わたし達に向かって放射されている
何ものかに答えるために
道は続いているのだろう

*マルチーズ＝マルタ島原産の犬の種属名。

恋の鳥

黒鳥は
マイヤ・プリセツカヤ*のように
午睡をとる
翼のないわたしは
手紙を淑女の香水で封印し
グライダーに乗って
口にくわえた封筒を
峰の向こう側の男《ひと》の足元に
バサリと落とす
唐突に
紳士ぶった真一文字の唇に接吻する
目を丸くしている男《ひと》を残して
グライダーに飛び乗る
白いパラシュートの布地でくるんだ
切り取ったばかりの

男《おとこ》の心臓《ハート》をかかえて

＊マイヤ・プリセツカヤ＝旧ソ連の世界的なバレリーナ。

密会

いないあなたに会うために
うす紅色の木槿《むくげ》の花が
しめやかに閉じて
うす紫になる前に
花心を抜き取り
白いブラウスの胸ポケットに入れる
朝　開いて
夜　閉じる
あやういうす紫の木槿のように
哀しみが
色どりになることは
あるのでしょうか
わたしの胸ポケットのなかで
雄しべと雌しべが
たわむれて

さざなみ

会いましょう
春の陽に
鐘を鳴らすように咲いている紫木蓮の花が
抜けるように落ちてゆく日に
わたしは髪を梳くのも忘れて
若葉がさみしげに残っている木を
呆然と見つめましょう
豊穣とは縁のないものなのに
わたしの胸を満たしてゆくさざなみを
掬ってくださいますか

もしも
わたしが求めたとおっしゃるのなら
会いましょう
紫木蓮の花が散って

散り敷いている花びらを
ござにして　横たわりながら
二人は風にたゆたい
巻かれてゆくのでしょうか

赤紫の花びらが　湿り気を含んで
暮れおちた暗い地面の上で
渦のように乱れている

不安

御者のいない馬車が　あてどなく残していった轍のような
不信が二人を支配している
あなたは　雑貨屋が小間物を並べるように
愛を囁いたので
わたしは　とうてい信じることができなかった
額にしわを寄せて考えるのが愛だ

裸のわたしを知らないで
あなたが　わたしを思っているので
孤独な魂は　ますます
頑丈な檻に閉じ込められてしまう
夢を食べて
かろうじて微笑んでいる

ウィンナ・ワルツ*のような
軽やかな話ぶり
春　真っ先に白い花を咲かせる
白木蓮のようなほほえみ
野の花のように
つつましく立っている男《ひと》よ！

暗闇の中で
わたしが持っているのは
一本の細いローソクだ
思われていないのではないかと
不安が胸を締めつける
もんどり打つ暗闇で
弱々しく揺れている炎が
あなたのつつましい姿を
かいま見せてくれるのだ

*ウィンナ・ワルツ＝19世紀にヨーゼフ・ランナー、ヨハン・シ

ュトラウス父子などによって完成されたウィーン風の円舞曲。当時あったワルツより、テンポが速く、生き生きとした感じが強い（『コンサイス外来語辞典』第4版）

風――改作――

風が立つ　五月
詩作にからんだ情念の
残り火があわただしく燃えている
心中の暖炉に手をかざして
狂いゆくであろう夏の
処方せんをつづっていた

「わたし達」と括れない二人だったが
重ね合わせた言葉の塔の高さに
敬虔でありたかった　わたし達だ

五月のバラに縁どられたように
あなたの唇は充血していた
大輪の花のごとく
あでやかに開いたあなたを

空《くう》で握る
落花した赤いバラが落とした香油が
転成させた艶やかな裸身は　かつての
れんげの花輪のつつましさを失い……

風が騒ぐ　六月
空き瓶に赤ワインを満たそうと
夏を欲しがっている

白い夾竹桃

四十歳は疲れた疲れたとつぶやくドロップ　結婚からドロップアウトしたわたしの胸を　不安なガラスの槍が貫く日々が続いていた

目の前の河を小舟が流れていて　心丈夫な男《ひと》が漕いでくれた　その男《ひと》が溢れる想いで　白い夾竹桃の花のように揺らいだ刹那　目がキャッツ・アイ*のように妖しく光った　愛だったのだろうか　その時から　八年間の言葉の塔が瓦解していった　わたしは男《おとこ》を舟に残して　藍色の河へ沈んでいった　河底で背中を海老のように曲げて守ろうとした想いが　化石のように冷えていく　水藻がうそうそと頬をなでた

ある夏の日　街の公民館の前で　白い夾竹桃の花が風に揺れていた　その揺らぎが　あの男《ひと》が一番きれいだったあの刹那を思い出させてくれる　直径四メートルぐらい

の半球型に　こんもり咲いているその白い夾竹桃の下部
で　赤い夾竹桃が押されぎみに咲いている　花々はごく
自然に睦み合っている

＊キャッツ・アイ＝宝石の一種。猫目石。波状光沢をもつ金緑石。硬度８・５度。研磨によって石面の中心線に猫の目のような変形が見られることから。

白磁

わたしは首まで悲しみが満ちている壷だ
悲しみの根源を探ろうとして
白い胴体をなでると
青味がかって　窯変する
薄い麻布のような
茫漠とした悲しみこそ
わたしの財宝だ
大きな空洞に
澄んだ水を湛えている

憶病者は
澄んだ水を恐れて近づかない
壷の水面は　時には
幾枚にも割れて多面鏡を形成し
人間の姿を　あらゆる角度から

映し出してしまう
たった一人　勇敢なあなたが
壷の中で泳いで
白い肌を紅《くれない》に染める

II

土の中の宝石

小学校の近くで白痴女が　宝石箱からミミズを出して食べている　彼女は生理日にミミズを排泄する　それをまた土中の宝石箱に保存しておき　冬になって食べるものがなくなると　ごみ箱の中の腐ったキャベツの芯の代わりに　生き生きした赤褐色のミミズを　舌の上でころがしながら食べる

生きていることは死ににいくことなのだと　エヘラエヘラ笑いながらミミズをほうばり　セックスすることは墓石を月賦で払っているのだよと口をもごもごさせ　だから生きていることイコールセックスなんだと　小学校四

キロ四方の男すべてを　毎晩　小学校の朽ちかかったレンガ造りの講堂に招いた　白痴女は翌年の秋に　色の白い一五〇〇グラムの卵型を生む

あるとき彼女は土を掘っていて　土中に埋まっていた釘で　手の平を深く刺した　赤黒くひとすじ流れる血は真正のミミズのように見えた　喜びいさんで嬰児に真正のミミズを与える白痴女のしおたれた乳　三週間ほどして赤子《あかご》は　炭火のように頬をほてらし　チックチック首を回し始めた　村人が医者を連れてきたが手遅れで「破傷風＊だ」と言うなり　すたこら帰っていった　白痴女は「ミミズがわしの子、殺すはずがない！」と叫んで歯で手の平をかみ切って血をしたたらせながら「真正のミミズ、真正のミミズはいらんか、いらんか」と子守歌の節で村の男達の家を一軒一軒回った

＊破傷風＝土中の破傷風菌が傷口からはいって起こる病気。高熱を発し、痙攣《けいれん》を起こし、重症のものは数時間で死ぬ。

ブルーの瞳

遠視の男のロマンチシズムは　アラビアのロレンスのように地平線の見える砂漠を舞台とする　アラビアのロレンスは砂で体を洗う　彼はオアシスなんか見ない　砂漠のどまん中で　大砲のような太陽が沈むと　凍《こご》えないために　ロレンスとアラビア少年は　ファルスとファルスをこすり合って火を起こす　焚火がたかれ　火を恐れない二人は　羊ではなくてらくだの数を数えながら　夜明け前には眠ってしまう

トマス・エドワード・ロレンスはパルチザン的救世主《メシア》であった
トマス・エドワード・ロレンスは敗残兵のような裏切り者であった
トマス・エドワード・ロレンスはパンと水を好んだ

白いアラビア装束を着た彼は　遠目は白馬仕立ての貴公子だが　近づくと砂漠の砂ぼこりがそのまま顔面にへばりついた皮膚をしていた　それ故に　アラビア人は彼に白い装束を贈ったのだ　砂塵を上げてトルコを攻撃したのは英国軍人ロレンス中佐か　アラビアのロレンスか隠遁のオートバイから村道にたたきつけられたブルーの瞳

参考資料
映画『アラビアのロレンス』
参考文献
岩波新書『アラビアのロレンス』(中野好夫著)

スパルタクスの反乱

不在であるのが城主の特権だ　城は二重の堅牢な城壁で守られており　私は農奴のみじめさで外側の城門を叩いた　外庭には血赤の芥子の花々が咲き匂い　モーツァルトの四十番が流れている　番兵は「そこで、まどろんでおれ。」と言う　もぐもぐと芥子の花弁を食らいながら沈潜していく思考　小作料を納めて内側の城門を叩く王座への道のりは迷路のようだ　大理石の廊下に散らばっている粉砕されたシャンデリアの飯粒　城主の書斎から聞こえてくるチャイコフスキー　城主は執拗にチャイコフスキーを聴けと槍をふりかざす　彼は白い法衣をまとうと神のようになるので　私は白い法衣を奪って楯にして身構える　神は宙ぶらりんで照る照る坊主のように城主と私の間で揺れている　逃げまどい　蓬のように抜け落ちている黒髪にひきずられ　城主夫妻の寝室をのぞく　契約じみた同衾がベッドから転げ落ちる　召使が

「首謀者は誰だ。」と怒鳴る　解放文書「身分違いなり」に署名し　胸に金バッジを付けた城主の三人の子供のスープにヒ素を入れ　ついに越えられなかった身分の違いを人質にして　スパルタクスのように迷路を走り抜け城を後にする

木陰

男ばかり四人の山賊兄弟は、幼い頃から殴り合って成長した。四人はいつも唾を飛ばして殴り合い、商人や旅人から分捕った食物や衣服の分け前を決めていた。四人の中、最後まで澄んだ唾を吐き続け、喧嘩に勝ち抜いてきたのは小柄で鋭い目をした次男だった。次男は兄や弟達を恨んでいなかったので、彼の顔には山賊の首領に不可欠な美しい口髭がない。

白い小鳥は仲間の群れから離れて、ふらふらと薄曇りの空を飛び回っていた。小鳥は木の幹から甘い汁ばかり吸って暮らしてきたので、山賊という荒荒しい響きに憧れている。この小鳥が賛美するのは、美しい艶《つや》のある口髭を貯えた山賊である。

ある日、山賊の次男はハウチワカエデの木陰で空手の練習をしていた。小鳥は樹上で山賊の激しい息づかいや、板の割れる乾いた音が深閑とした木陰の辺りに吸い込ま

れていく気配に耳を傾けていた。枝に吊るした板をぶち割っては吊るし替え、ぶち割っては吊るし替えしていたが、その日持って来た板を使い果たして、やっと彼は頭上の白い小鳥に気づいた。山賊は腹ペコだった。その日の朝は、珍しく三男との喧嘩に負けて握り飯を持って来れなかったのだ。わびしい気分で地面の板のかけらを眺めていると、あの小鳥を捕まえて毛を毟って食ってしまいたいという欲望が、腹の底から湧いてきた。

　小鳥は、なぜか彼のすぐ真上の枝まで降りてきて止まっている。彼は思い切り腕を伸ばして、小鳥の目の前に色鮮やかな扇を広げるように右手の五本の指を広げてみせた。小鳥の目には力ある者のナゾナゾに見える手相や肉刺《まめ》。その扇のような手に握られたかったが食べられるのは嫌だった。ハウチワカエデの葉を元から一枚食いちぎってくわえたまま、大きな手の真前まで近づき葉で手をさっと擦って飛び去った。

　白い小鳥は仲間の群れに戻ったが、ずっとハウチワカエデの葉をくわえたまま、もう木の幹から甘い汁を吸おうとはしない。

Ⅲ

白い人・黄色い人・黒い人

土佐堀のYMCAの
黒っぽいクレイ先生は
きれいな英語をしゃべった
白人語学教師のような英語と
スタンフォード大学日本語科卒の
お行儀の良さが
指先のひび割れのように
いらだたしくて
若狭湾での海水浴の帰りの電車の中で
前に座ったクレイ先生の
唇のあたりを
ねめまわしていた私
もっと　黒人を　と

おでん屋で
日本人を夫にもつ
フランス女S．N．　は
エレガントな口で
アルジェリア人は汚い　と
罵った
混沌の美醜を突きつけたクレイ先生の唇と
毒糸をもつ
いそぎんちゃくのようなフランス女S．　N．　の唇

晩秋

まだ血の凍るような冬ではない
ペットの肥満症
フランス料理の滓の臭いのする汗
私はリリアン・ヘルマン*のように強くない
日本全土が雪に埋もれても
春はくるのか
強壮剤はプレスリーの「ハート・ブレイクホテル」
垣根越しに隣どうし
犬の目で探り合う時代
百貨店へ行っても買えないもの
まだ口の凍るような冬ではない

*リリアン・ヘルマン＝アメリカの作家。映画『ジュリア』の原作者だが、虚言癖があったようだ。マッカーシズム吹き荒れる時代を描いたエッセイ『眠れない時代』は、真摯で興味深い力作。その赤狩り裁判で被告席に立たされた彼女は、証言を拒否したために、一時期百貨店の店員として働かざるをえなかった。

転向

裁判などいらない国だった
着飾った男女は
宴会場で猿の腰掛けにすわり
おけいこ場のおばさん達は
日常俗語のピンポン玉で卓球している
ずっと小羊であり
小羊でしかない私は
深く静かに潜航せよ　と
肩パットの詰まった明るい青いオーバーを着て
脱色された梅田地下街を歩く
夜陰にまぎれて
竹やぶの奥にしゃがみ込み
一九六〇年六月十五日の国会議事堂前の地面を探《さぐ》る
樺《かんば》美智子《みちこ》さんの遺影が
怒りでふるえている肩に止まった

悪夢

冷たく刺すような
男グレタ・ガルボ*の唇に
あしらわれて
振り返ると
黒いゴムの仮面を被った見知らぬ男が
機関銃を向けている
ダッダッダッダッダッ！
照準は私の背にではなく
私が右手につかんでいる
菊の紋章を罵った原稿に向けられている
この国の民を戦争へ駆り立てようとする時
不思議な威力を発揮する紋章
ダッダッダッダッダッ！
闇夜のヴェールをひっぺ返すような爆音とともに
紙吹雪が指先から流れる血で赤く染まった

悔恨の生涯を抱いて駆ける
彼らの憤激を買った言葉を咀嚼して走る
ダッダッダッダッダッ！
高いフェンスを乗り越える
駆ける　走る
ジャラジャラした音と白昼夢のような照明のパチンコ屋
に潜り込んだ
北方領土奪還戦勝記念大入りセール
パチンコ屋の入口に赤い垂れ幕が下がっている
パチンコ台に向かっていたすべての客が
パチンコを止めて
パチンコ台を背にして向かい合い
いつの間にか戦勝記念の提燈を持っている
店の照明が消え、各々の客の体中の意志力を右腕に集中したかのごとく掲げられた提燈が、時代錯誤のぼんやりした灯を燈して、明かりのトンネルを形作る。

　我らの清らかな統合のシンボルを罵ってはならない。この提燈のろうそくの灯のように、我ら、ひ

とりひとりのシンボルへの想いは等し並であり、
この麗しき我らの想いを汚す者は―――

霊場に立ち籠める霧のような雰囲気を伴って流れてくる歌

息苦しさを払い除けようと、提燈のトンネルを潜り抜けて玉売り場へ行くと

さっきの黒マスクの男が銃を構えている

男は目をしばたいて、私の頭部を狙う

「赤旗党さえ黒シャツ党に衣替えする御時世に、お前さんみたいな小羊は真先に戦勝マーチの作詞でもして、命乞いしなきゃあならねぇんだぜ。」

今、発せられている声ではない。あらかじめ録音された声だ。この男そのものが生身の人間ではなく、精巧なコンピューターを内臓したロボットのようだ。どれほど巨額の資本を投下して、これほど精巧な非国民探知ロボットが開発されたのだろうか？

生身のテロリストが襲撃対象に対して、〝問答無用〟であるより、もっと正確無比なスピートで〝問答無用〟の行動を取れるように、インプットされているような凄みがある。

しかし「戦勝マーチの作詞云々」と言っているところから察すると、このロボットのファジー*効果を期待して、情状酌量を願い出る道は残されているようだ。

「認めるわ。小羊は小羊らしく生きることが、最もふさわしいということを。特に、この国では、おとなしくしていることが一番利口だということを。」

男が銃を降ろした。

銃の上げ下げが、内臓されているテープの録音と再生に関係があるらしい。

提燈を掲げた数十名の客が店から外へ出て、街の暗がりを不可思議な力で統率された者の集合のように、二列の行列を作って、歌いながら行進していく。

我らの清らかな統合のシンボルを罵ってはならない。この提燈のろうそくの灯のように、我ら、ひとりひとりのシンボルへの想いは等し並であり、

　この麗しき我らの想いを汚す者は――――

私の指先から滴る血に絡み付いていた紙吹雪が、「栄《は》えある国、日本《にっぽん》。栄ある国、日本。」と口ずさみながら小さな渦を巻いていく。

血を暗がりに吐き散らして、浄められたかのごとく純白になった紙吹雪の輪は、夜空へ舞い上がり、大きく一回転したかと思うと、闇夜の幕に死の匂いを漂わせた冷たく美しい花弁となって張り付いた。

深閑とした闇夜の上空に、純白の十六花弁の大きな花が、ひとつ、下界の喧騒から隔絶された霊妙なもののように光輝いている。

一九八九年九月

＊グレタ・ガルボ＝（一九〇五～一九九〇）スウェーデン生まれの女優。『肉体と悪魔』『アンナ・カレーニナ』などアメリカ映画に出演。三十六歳で引退、伝説的存在となる。（『広辞苑第六版』）

＊ファジー＝人間の認識のあいまいな部分をコンピュータで処理する技術（『例文で読む　カタカナ語の辞典』第二版）

ヤマト鍋

魚屋さんへ行くときは
魚の目とのたたかいだ
鮟鱇とはげが
鍋の中で踊り
白菜と菊菜はくず鉄
豆腐をスプーンの背でつぶして
鱈の白子に格上げする
鍋の中は踊っていて楽しいが
鍋の外では
タコ焼きを焼く
パキスタンの青年の
ブラック・コーヒーのような肌を
いぶかしげに見て
春風のように
パキスタンの青年が差し出す

一皿のタコ焼きを
うろんな眼差しで受け取る
初老の日本婦人

混血——口ごもる——1

十年前　信州のとある小さな駅で
六つか七つぐらいの白人の男の子が
駅周辺の日本人を指して
ジャップと
ひときわ大きく
しゃべった

ジャパニーズの私が
朝鮮人を朝鮮人と
すべらかに
なめらかに
呼べる
私の口と心の解放は
いつ来るのか

投網を投げ
朝鮮をチョウセンと
くわえタバコしている
魚どもの口を
ホッチキスで止める

この日本において
陽炎《かげろう》のような存在である私

ああ近くて遠く
離れたくて
離れられない
朝鮮半島よ
「花を売る乙女」*の第一楽章の
フルートの独奏部に
切れ切れの思いを託して
眠りにつこう

*「花を売る乙女」＝朝鮮民主主義人民共和国の人が作曲した交響曲

混血――口ごもる――2

韓国人原爆犠牲者慰霊碑は
本川橋のたもとにあった
広島平和記念公園の外にあった
私は朝鮮式の墓での祈り方を知らない
自己流に　まず靴を脱いで
慰霊碑の前にひざまずいた
涙がとめどなく流れた

先ほどから　アメリカ人らしい三人組が
慰霊碑の写真を撮っている
慰霊碑の建てられた経緯等が
英語で書いてあった
広島の被爆で死んだ二十万人の内
その一割の二万人が朝鮮人だということだ
さっきの三人組のひとりが
何やら英語で聞いてきた
韓国人かとか、韓国から来たのかと聞くので「私の国籍は日本です。大阪から来ました。見ず知らずの間ですから、これ以上、答えたくありません。」と言ってやったら
「OK. Thanks.」と言って
離れていった
誰に対しても　同じ問いの答として
「私の国籍は日本で、東大阪市生まれ。これ以上お答えしたくありませんよ。」
で済ませられたら

私が広島を訪れてから
韓国人被爆者の代表団が
慰霊碑を訪れた
慰霊碑が平和公園の外に建てられているというので
墓石を叩くほど激怒した

怒ることで日本人社会との疎隔を恐れる私
しょせんは混血なのだ
怒り続ければ
私の血の半分を占める日本人が
呻きだす

二枚の写真

幼女の頃から　私の身近には
アジア大陸における
旧日本軍の蛮行に関する一群の書物があった
それらの書物は　長い年月
鬼神《クウィシン》のように　わたしに
立ちはだかって来た
二十七歳ごろの夏だったろうか
その中の一冊を
勇をこして開けてみた
書名は忘れた
最初の数ページが写真で埋められていた
パラパラと開けた箇所の右側のページを見たら
朝鮮人の兵士達数人が　武器を持って
立って写っていた
「抗日パルチザン」

生まれて初めて　目にする言葉だった
おびただしい軍靴で踏まれて
踏み荒らされて　溶かされた雪原
もう　雪の跡も定かではない
泥まみれの黒い地面に
容易に溶けない
乾いた白い雪は降っていたのだ
溶け込んでしまっていた私は
背筋を伸ばした

ふと　左側のページに目を移すと
抗日パルチザンの捕虜になった
日本人兵士数人の写真が載っていた
武装をとかれた彼らは皆　若く
どことなく頼りなげであった
突然
私の存在の機軸がキュッと傾いた
日本人として生きていた不明の者は
周囲の空気が　だんだん薄くなっていくような
息苦しさを覚えた

それから　十一年後
私は朝鮮語の勉強を始めた
かつて慣れ親しんでいた人々が　風俗が
少し遠景に見えている
どこかに　たどり着けるのだろうか……

○

どんより　曇った空
群れから離れた鴉が　一羽
細い電線の上で
物悲しく鳴いている
鋭い嘴《くちばし》をもつオオタカの群れが
編隊を組んで

アジアの一国へ
飛んで行こうとしている
汚水を　満満と湛えている源流へ
遡《さかのぼ》らんとする
この国

一九九二年六月二十日

3章　詩集『わたしの道《ナエギル》』

アンナ・アフマートワ作

アジアよ、おまえは——故郷のなかの故郷！
山々と荒野の貯蔵所……
おまえの大気は、まるで、
どこにも似ない——それは焔吹き、青みがかかる。
不思議な、お伽噺のような楯で
隣りの国ぐには煙る……

『ペテルブルグ悲歌』（安井侑子著・中央公論社刊）より

Ⅰ

シーラカンスの想い

白い葉裏がひるがえって
〝こいぶみ〟が届いた
紙の上であえなく
交接する想い
紺碧の空のカンバスへ
草いきれのする　まぐわいを描こう
太古の絵筆で
想う　故に　とらわれる
わたし達は　青空に浮かぶ
灰色の雲をつかんでいるだけだ

たとえ　わたしが
シーラカンスのように
古風な女だからって
恋人の墓石を抱いたまま
唖蝉みたいに　草むらで
息を　殺していたくはないのです

ふるえる手に
手を重ねて
あなたの瞳を　鏡のようなわたしの胸に
映しだしたい
待ちこがれる唇は
燃える口もと　と遭遇して
二人で　踊りを踊るはず
潮風にさらされながら……

浜辺で　誰かが　つぶてを投げた
　海へ　帰れ　と

わたしの全身は　再び
固い化石魚の鱗に覆われ
ザッザァーと潜水して　海底
深く　ひそかに
泳ぎつづけていた
つぶて　か
愛した日々かを
問いつつ

寒風――改作――

数年の歳月
さわやかな文面から
パピルスで　できている
幻の男を胸に描いてきた
幻の男は　生身の女を
求めていた
尼寺に引きこもる女に
どろっとした世俗の風を
吹き付けた

雲母が　ひとひら　ひとひら
剥がれてゆく
心の中へ雪崩込んで来る
寒風
下を向いて歩く

石畳に　嵌め込まれた
大小さまざまな形の石は
角を尖らせて　わたしを威嚇した

水面下でうごめくもの
それが　人間なのだ
と仏典を繰りながら
自分をなだめる
詩を書きつづけてきて
思いやりとは対極にある漆黒の森へ
引きずられそうになる
わたし白身の
うすら寒い心の奥に
教典の　一語一語が
杭を打ち込む
詩を書く以前の
言葉少ない
汝に　戻れ　と

霊気

意気消沈して　淀んだ感情に襲《おそ》われた時
室生寺の五重塔を仰ぎ見たくなる
新緑の季節であれば　暗く高ぶった魂は
深い山木立の間を流れる
いにしえの大陸文化の香りによって
静められ
新たに　生きる意欲を授けられて
家路をたどるのだった

五重塔の周辺を飾っている樹々が
雪で覆われ　各層の屋根にも
真白な雪が積もっていた　あの冬の塔は
清冽な雰囲気に満ちていた
訪れる人のいない寒々とした境内で
塔と静かに対面していた二十四歳のわたしは

寒さで体がこわばり
シューベルトの歌曲集『冬の旅』のような
若々しい孤独感が　全身を貫いていき
それがそのまま　青春の詩《うた》であった

今ひとつ願いがあるとすれば　また
雪の降り積もった室生寺を訪れたい
紫色の情に突き動かされている
現在のわたしはいったい
どのような姿勢で
真冬の塔と　向かい合えばよいのだろうか
背後にある杉木立から漂う霊気が
夏へ向かう女の頬を　冷ましてゆく

春を取り戻すために

わたしは東海《トンヘ》*を漂流している
一片の桜の花びらだ
死臭を嗅いで
自らも
血のような汗を流している
朝鮮語を学んでから
わたしは　随分　変わってしまった
この国に
骨を埋《うず》めなければならないというのに

虎と
鞭を持った調教師が
肋骨の檻の中で
演じている格闘
虎が朝鮮で

調教師が日本なのだろうか

あるいは
虎が　強固な基盤に反発する意志であり
調教師は　近頃では
よく撓《しな》う鞭の先に
ブーケの形をした飴玉を
ぶら下げているようだ
わたしが　わたしであるためには
檻の鍵は　自分で持っていなければならない
肋骨の檻の中では
黒い軍靴をはいた調教師が
おびえた目つきの虎に
ビシーッと鞭を振るう

ああ　天におられる神様《ハヌニム》
虎と調教師は
わたしの半分ずつの分身なのですよ

やせさらばえた虎は
鞭打たれて
檻を突き破らんばかりに
号泣する

わたしは　今もって
問題児《マンナニ》なのだろうか？
とも思うが
問題は
わたしの外部にも存在する
お願いです
朝鮮学校に通う女生徒達の
チマ・チョゴリを
引き裂いて　自粛するように
追い込んだ　心無い人々よ
和服を着こなす女性の
たおやかな美に目覚めて欲しい

そうすれば　チマ・チョゴリも
尊重するようになるのです

近所の公園には
ポプラの樹が二十数本ある
なぜかしら　ポプラの樹々を
いとおしく想う
コロー*の絵から抜け出してきたような
やわらかな枝振りを眺めていると
洗い流される　一滴の涙
アリラン　アリラン　アラリヨ

*東海《トンヘ》＝朝鮮語で「日本海」のこと。

*コロー＝カミーユ・コロー（一七九六～一八七五）フランスの画家。詩的情緒に満ちた風景画で、印象派に大きな影響を与えた。代表的「マントの橋」「真珠の女」

喪失と祈り

散り敷いた銀杏の落葉に日が差していて
黄金《こがね》色に輝いている　興福寺の境内
ひっそりと　鹿がやって来て
落葉を食《は》んでいる　とても　おいしそうに
黄葉した葉を食んでいる
大きな樹の切り株に座って見ていると
鳩も地面をついばんでいる
せわしげに　何を食べているのだろう
鹿は鳩の何倍も大きいのに
鳩は鹿を恐れていない
鹿が鳩を餌食にはしないからだ

敬愛するTさん
鹿のように控え目で品格のある人
覚悟はしていたけれど　とうとう

文学上の師であったあなたに
自作の詩*を送れない時が来てしまったよう
日本的な情緒から離れた力学で書かれた詩が
国際的ではないあなたの心を閉ざしてしまうのを恐れる
のです

日本とアジア諸国における過去の歴史的な経緯に関して
二人の考え方には天と地の開きがある
それにもかかわらず
わたしの二冊目の詩集にも
清楚な　くちなしの花の絵を貸して下さった
大平原のように寛容で
澄んだ空のように誠実な心の持主よ
わたしは何を獲得しようとして
あなたを失ってゆくのですか？
母の国　日本の男性よ
父の国　朝鮮には　今だ
辿り着くべき岸辺さえ見出せない

凍りついた春のような沈黙に苦しんでいる
孤独な胸の叫びが
Tさんには　届かない

あなたが鹿であり続ける限り
わたしは鳩であろうとするだろう
眼前に展開されている
この鹿と鳩の絶妙の呼吸から
何を　学ぶべきなのでしょうか
わたしが立ち上がると
鳩は飛び去ってしまった

＊自作の詩＝「春を取り戻すために」という詩。

余波

春たけなわ　四月の上旬
坂道を下っていたら
左斜め前方の家並の向こうに
夕陽が沈んでゆこうとしていた
遥かかなた　朱《あけ》に染まった空に誘われて
歌詞の中に　〝夕焼け《チョノンノル》〟という言葉が出てくる
韓国の歌曲「麦畑《ポリパッ》」*を思い浮かべていた
と　その時
下から歩いてくる真黒な制服を着た
高校生らしからぬ
男子三人連れと出くわした
夕焼けに見とれていたので
先頭を歩いている大柄な学生の顔は見ていない
後続の二人が
猥りがましい笑いを投げかけるから

わたしは　咄嗟に　小走りになった
右斜め後方で
何かを回転させる気配がしたかと思うと
わたしの頭上　数十センチメートル上を
瓦礫が　大きなアーチを描いて飛んでいき
左斜め下の溝に
ドサッという音とともに落ちた
投げた当人ではない二人の高校生は
わたしの横にいて
こちらの反応を窺っている
詰め襟をはずしている二番目は
若い復員兵のようにニヤニヤした笑いを放つ
脅えで　金縛りに遇う怒り
獲物を仕留めた密猟者のように
陰湿な歓びを抱いて
坂道を上がっていく三人
ふつふつと感情が沸き上がる

最後尾に付いている小柄な子分との距離が
数メートルになった時
「こら!!あんたら、なんでこんなひどい事するねん!!」
とわたしは　彼等の背中めがけて
あらん限りの声を　張り上げた
瞬間　三人の背中が　ピクッとした
「今度したら、学校にゆうていくからね!!」
戻ってきたのは
エッヘッへと小馬鹿にした笑い声

時には　命を映しだす
幼馴染みのような　いたわりが必要だ
高い空から降り注ぐ春の雨が
残雪みたいな雪柳を散らせた
十九歳の時に別れて以来
長い歳月　会っていない朴庸仁を
思い出させる白いツツジは
雨の上がった空へ
凛と　清らかに　咲いているよ

＊麦畑＝보리밭《ポリバッ》一九五二年、朝鮮戦争の最中に尹龍河《ユンヨンハ》が作曲、朴《パク》和穆《ファモク》が作詞して作られた。

霧氷が白くきらめいて

わたしの心の樹に霧氷が白くきらめいている
日本国籍だから
時折　痛くなったり腫れたりする顎の治療を
日本名で受けている　口腔外科で
アベリアの花のように若いU先生は
わたしを
まるまるの日本人だと思い込んでいるから
さり気なく　接してくれるのだろうか
わたしには　李や金や朴といった苗字がない
父が三十数年前に日本国に帰化したのは
母と結ばれたからに他ならない
以来　同胞とは溝ができてしまったようだ

朝鮮語を学んでいる　わたしと
自分だけの朝鮮語を
胸の奥深く　潜めてきた父
互いに　癒しあえない霧氷を　それぞれの
心の樹枝に　白くきらめかせながら……
父さん　たったひとりの年老いた父さん！

なぜ　あの時　娘に問うたのですか
いや　わたしが二十歳《はたち》をいくつか過ぎた頃
聞いてきたのは母さんだった
「父さんの新戸籍から、父さんの両親の朝鮮名を消せる
のよ」と
その頃　わたしは
朝鮮のことを負のイメージで語るのが
常識であるかのように振舞うNとの
交際から　ようやく立ち直りかけていた
思いもよらず　不躾に
法学部を卒業したNから送られた
父の新戸籍のコピーに揺さぶられた一家
わたしは　父親からではなく

若い頃　付き合っていた日本人の男性から
父方の祖父母の名前を教えられたのである

父の日本名しか知らなかった　わたしには
抱きかかえる　恨《ハン》
祖父母の姓名が　生存の拠り所になった
片方の足首から鎖を解かれたケモノは
母に向かって　喉を振り絞って　叫んだ
「嫌だ！絶対に消さないでくれ！どんなことがあっても、
消さないでくれ〜!!」と
真っ青な顔をして階段を駆け降りた母

アベリアの花のように　華奢なU先生は
朝鮮人のことを　どのように考えている人か分からない
朝鮮人の血が流れていることを
知られたくないという意気地無しの
もう片方の足首の鎖は
これから　自力で解かなければならない

追想

高い空から降る春の雨が
渇いた頬を　生やさしく濡らすが
わたしは　荒野を　ひとり
詩作する馬に跨って
駆けぬけてゆかねばならない

ああ　ついに出会えなかった新たな恋人よ
あなたは　今　どこに居るのですか
肌の色は　何色ですか
黒い瞳か　茶色の瞳か　灰色の瞳でしょうか
やや憂いがちのまなざしが　この眼と合って　一瞬輝いたでしょうに

時には　心の中で雷鳴がとどろき
近代における数かぎりない殺戮に

おののく身は　永遠の恋人を求めます
でも　天は与えては下さらない

もう少し自分の内面に自信を持ったら
と言ってくれた人がいました
ひとりの男が　控え目な髪型に
飾ってくれた　精一杯のれんげ草の冠
多彩なペンで天国と地獄を出没させた二百通の手紙に
たった　二通の返事をくれた
つれない真心でした

復活

キルケゴール*が書いているように
永遠は瞬間によって粉砕されたのだろうか
二度とお会いしたくありません
と拒絶することで
かたくなに　守ろうとした想いが
まだ　この胸の中に
存在しているのだとすれば
シベリアへ行って　ツンドラに
斧を振り降ろす方がましです

大きい兄さん　こう呼びかけることは
もう　できないのですね
それにしても　わたしも
親しみを担保にして　あなたを
蔑《ないがし》ろにしました

皇国臣民化された垢が　今だに
体にこびりついて取れないのか
垢を　わざと
拭い去ろうとなさらないのか　謎です

「ハラボジ*」

「いや。孫は山へ柴刈りに行ってるよ」

　皇国少年と化した孫を否認した祖父

あなたの著作に没頭するのは
止めにしましたが
他の人が書いた本から
鐘という文字が　通り魔のように
立ち現れて
わたしの心臓で
失意の鐘を鳴らすのです
鐘の音《ね》と二重奏のように響く

屈従の鉄鎖は　さくら散る
いつの日にか　外すことでしょう

＊キルケゴール＝（一八一三〜一八五五）デンマークの詩人哲学者。主要著作は『不安の概念』『死にいたる病』等々。
＊ハラボジ＝朝鮮語でおじいさんの意味。

わたしの道《ナエギル》——改作——

会いたくて
会いにいったのだから
「あなたの詩は残ります」とだけ
言って欲しかった
その言葉を　待っていたのです
先生　あなたに認められたくて
ずうっと　詩を書いてきたのですが
前置きに並べてくれた
欲望の滲《にじ》んだ台詞が
不滅の言葉を
引きずり降ろしてしまった

朝鮮で
血と虐殺を　くぐり抜けてきた男の眼は
らんらんと　こちらを射ようとして
その瞳から　内部の暗闇が
切り倒されたポプラ並木の灰が
カッ！　と燃え立っていた

日本で生まれた　わたしは
解放《ヘバン》前後
先生の少年時代を探ろうと
線のない盤の上で
白い石を持ってみたり
赤い石を握ったりしている
渡日してから　日本アパッチ族の大将
巧みに朝鮮から切れているのは
木槿《むくげ》の花のバッジを胸に付けているからだろうか
同胞愛は祖父《ハラボジ》に預けたのですか？
そのような　あなただから
今だに　鎌首をもたげて
わたしの存在を　打ちのめす
Sの亡霊

かすかに　甘いミルクの匂いがした下着

青春へ　思いをはせると
人間の極限の垂れ幕が
のっぺらぼうに　へらへら揺れていて
垂れ幕どうし　スクラムを組んでいた
二十歳《はたち》のときの　挟み撃ちよ
おめでとうございます
日本人Nと
朝総連の青年からの
「あなたのお父さんは堕落したんですね」
「はい、そうです」と
答えた　娘

ああ　わが内なる　日本と朝鮮よ
韓国よ　南も北も　近しい隣国に違いない
父の故国は　情け深く　立ちはだかる
母の祖国は　離れがたい　再び
制圧しようとせず　仲良くして
安息のひとときを　与えたまえ

青いけしの花

静かな湖面を　軽鴨のつがいが
すべるように泳いでいる
青空に　白雲がたなびく
手入れが行き届いた長老の顎ひげ
雨に洗われた樹々の緑は　古今東西の
どれほど秀でた絵画よりも鮮やかだ

ベンチに座っている　わたし目掛けて
鳩が飛んで来た　一羽二羽三羽……
白と薄茶の斜め模様の一羽目が
嘴に　紙飛行機をくわえている
秘密指令のようだが　あいにく
ワトソン君はいないのだ

人生をボクシングにたとえれば
二〜三発　アッパーカット*を浴びてから
ボディーブロー*で打ちのめされたようなもの
対戦者は　死神なのか　生の女神なのか
親不孝の青がえる《チョンゲグリ》に
指令を発したのは　誰なのだろう？

胸に蓄《たくわ》えられた　青いけしの花を
摘んで　いずこの祭壇に捧げようか
次々と　降ろされるシャッター
開《あ》いていないわけではない
はるかな旅路へ通じる小道には
そよそよと　下草が生えている

恩寵だと受け止められる者だけが
両義性の振子を　振ってもよい
秘密指令のようだが
信仰心を持たない者には　暗号文は
解読できそうにない

運命を甘受する　小ぶりの翼を背に生やして
よろよろ生きていく

＊アッパーカット＝ボクシングで打ち方の一つ。下から相手の下あごなどをすくうように突きあげるもの。
＊ボディーブロー＝ボクシングで相手の腹や胸への打撃。

レクイエム

はかない幽鬼が　漂っている大気へ
きりりと咲いている白梅
もうすぐ　父が逝ってから
ふた月になるなあ
あれから　しばらくして
老犬も　犬小屋の中で　何度も
ドスンバタン　板壁に体をぶつけて
昇天した

父さん　健ちゃん　死んでしまうって
交信を　絶たれることなんですね

数年前　枚岡の病院に
両親とわたしは　母方の祖父を見舞った
帰りに　三人で

真っ盛りの梅林を　潜《くぐ》りました
おしゃれで　舌が肥えていた父
三つの頃　父親をコレラで奪われた時には
祖国は　すでに　失われていた

社会の不正を正すべく運動していた時期
李朝の気風を受け継いだ　家長は
矛盾を孕《はら》んだ存在として　君臨した
親思いの兄は　老いた父に
ずっと付き添ってくれた　それ以上に
敗戦後　寄る辺ない朝鮮人と結婚した
医師の母の愛情

ほら
父さんが丹精した庭の紅梅が
ふくいくとして
気高く　開いてゆきます

秋冷

記憶の中で　亡き父の装飾音まで加わり
あの人の思い出は　秋の風にそよぐ
葉裏の朝露のように清らかになる
またしても病を得て　右の乳房をなくした
女は　アデュー*とつぶやきながら
ひと滴《しずく》の露を　握りしめる

長い歳月　彼の何を　慕ってきたのだろうか
かすれゆく風貌は　大河を漂う笹の舟
茫洋として　もはや捕えられない
慟哭《どうこく》する夕暮れ
別れから発する詩行の数々が
印刷されて　また　別離を突き付ける

二千二百万の北朝鮮の人々が

飢餓に瀕《ひん》しているというのに
詩が　こんなにも閉ざされた言葉の羅列だとしても
少数民族の羊飼いとしての　自負心を持とう

流れ去らんとする男達　ふたり
牧神はニンフとともに　水辺で遊び
彼女は　井戸掘り人夫のように　しつように
サンダル履きの恋人を　瞼《まぶた》に映す
ＫとＳは　コインの表と裏
金貨は　底深い井戸へ　投げられた
やわらかい砂地に　影を　残して

＊アデュー＝(Adieu)　フランス語で〝さようなら〟という意味。
永久に別れる相手に言う言葉だが、南フランスでは言った後で
長い間をおいて再会する場合もある。

春の丘

斜めから差し込む黒い眼差しは
伏し目がちの女を　好む
表現者としての欲心が
虚無の砂塵を　巻き上げた
牧神から離れたのは　栗毛の小馬
新たな紅《くれない》に染まろうと
若人のような希望に燃えている

憧れの縄に捕われた魅惑の女神が
裾野に　座席を置いて下さった
その数日前　知性から見限られた
重い病気のＭ・Ｋが
死んだ父親への憎しみを膿ませていて
どのような花も咲かせられない過保護の地から
わたしを呼んでいた　不気味な無音波

「きゅうりもみ　ただ一皿《ひとさら》の夕餉かな」
戦後の飢えを反芻するだけで　日本に支配されていた
植民地時代の東アジアの飢餓を考えようともしないM・
Kを振り捨てた　わが命の夜明け
一日だけ　パーン＊の神が采配《さいはい》をふるう山野を
駆け巡りたい　一心不乱　リズミカルに
野面を叩く
木漏れ日は　祝福を注ぎかけ
わたしは　果樹園を超えて疾駆する

和解の日は　いつかとカレンダーをめぐるが
自然は　たゆたうさまに宿るべきかなあ
これほど疎遠の砂漠をさすらいながら
オアシスの果実を毟り取り
背反した小馬は　左の乳房をいたわりつつ
春の丘に登る

＊パーンの神＝ギリシャ南部、ペロポネソス半島の中央高地地方を舞台とした牧人と家畜の神。

II

出帆

弓型にえぐられた母港の夕空へ
震えがちに　半月が掛り
宵の明星は　端然と　輝いている
その下を　ジェット機が　人工の星ふたつ
瞬《また》かせて通り過ぎた
民間機か軍用機か　確かめるすべがない

地上から追放された者は　無一物
頬が乾くと　一番星を見上げながら
微笑すら絶やさない
久し振りに取り戻した心意気

そうかといって　ノアの箱舟*に乗れなかった
宗教家のように　もう　純白ではない
被爆都市　広島に　加害の痕跡のかけら
わたしとて　この時代の共犯者なのです

追放されたとはいうものの
小さな木舟の舳先《へさき》に　縄が付いていて
跨いでいった浜辺で
松の枝へつないで安泰を祈願するか
新しい　果てることのない夢の港に向かって
船出するなり　自由が羅針盤
半月は　名残り惜し気に木の間を語る

夜明けを　待ってはいられません
ただならぬ静けさを湛《たた》えて　世界文学の
大海原は群青色　底深く　きらめいている
たとえ　ローレライ*に似た岩と出くわそうとも
もともと　小船　座礁しかけた

あえかな妖精の歌に応えて
必敗の詩歌を　返すでしょう
渦潮とともに

*ノアの箱舟＝旧約聖書の創世記に出てくる物語。神が人類の堕落を怒り、大洪水を起こした時、ノアだけ神に命じられて作った箱舟で家族や動物と避難した。そのために人類は絶滅しなかったという。

*ローレライ＝①ドイツ西部コブレンツとビンゲンの中間のライン川右岸の岩。また、その岩頭で黄金のくしで髪をすきつつ歌を歌ったという伝説の水の精。その美声と美貌が船人たちを魅惑し、破船させたという。②は省略。

つる草

ひっそりと　書斎に籠って
過ごしていたかったけれど
色とりどりにバラが　咲ききそう五月の
とある日　名づけようのない風が
軋みがちの部屋の戸を叩いた
一期一会で済みそうだわと　妙に安心したり
バラ色の顔《かんばせ》が　数日　目の前から消えなかったり

大病を患った者は身を庇うようになる
もう　駆り立てられるのはたくさんよ　と
つぶやきつつ　すでに　振り回されている
夕闇に紛れて
感興の泉が湧いてこないかなあ　と念じたが
巨人は　遠心分離機を操作しているのではないかという
不安とおののきに　捕われて
新鮮な詩行が　途絶しかかる

花ではない紫陽花の花弁が
青紫からローズピンクへと変容してゆくように
わたしの寂しい心にも　ひととき
バラ色の時代が　到来するのでしょうか

かってないほど積極的な自己を
不思議に思いながら　女は
求められているのは
母性的な献身のようなことかしら　と絶句し
吝嗇《りんしょく》な身体を細らせて　ついには
つる草を　茂らせる
壁づたいに咲く　つる草の野バラよ

翼のない憧れ

もはや　若やいだ気迫の荒野《こうや》に佇まないとはいえ
夏の嵐をくぐり抜けた身は
単調な冬の調べを　奏でたりはしない
晴れわたった冬のある日
寒椿の紅色に目を奪われた
地面から清水が湧くように
空気の動きに釣られた風が　さり気なく
フサアカシアの樹々を揺らせている
すでに　走ることを放棄した足取りに
小鳥達も寄り添って　大地を啄む
野の花は着飾らなくても自足しているというのに
わたしは　焼き餅が原因と思われる
いたずら小僧めいた所作に　悩まされている
たわいなく　翼のない憧れに身をやつす
岩間から　垣間見えるのは

少年天使が背の翼を外して
温水浴しようとしている艶《あで》姿
彼の腕《かいな》が　池の水面を波打って生じた
さざなみは　池の辺に押し寄せ葦の茂みと戯れる

今日《こんにち》においては　興ざめな事だけれど
枯れた葦の茂みに隠れて
鬼の面を被った少年が　牙《きば》を剝いていたりする
世界に　酷薄な不協和音が芽吹いてから久しい

同じ芽生えさせるのなら
恋を芽生えさせなければ
まだ　会ってさえいない少年天使とわたし
ひょっとして　彼は忙しいだけであって
焼き餅すら　焼いていないとしたら
胸が　掻き乱されるなあ　今宵も

憂愁

下草を踏んで　池の辺《ほとり》に近づくと
鉄柵の手前　涼風が全身をそよがせる
水鳥達が　あたかも池の水と黙契して
すいすいと自在に泳ぐように
わたしも　夕風に　しばし
この身体を預けていた　雲の行方も忘れて
捕えられないものに身を任せる　心地良さ

孤独を愛《め》でる心境は
うっそり繁った竹の群れのよう
一本一本の篠竹が　そそけて立ち
ひとつの意志のごとく　小島を形作っている
過去へと傾く心象は
青い技巧を封じ込めた
孟宗竹の林への小道に

かつて　存在したのですが……

わが青春の傷跡よ
気の遠くなるような年月をかけて
立ち上がる気力を与えてくれたのは
おまえなのでしょうか？

楽興の秋《とき》

耳のそばで　誰かが
ピッコロを吹いているのかしら……
耳鳴りといえども　数秒で止むと
追いかけたくなるような音色だけれど
数十分も続くと　単調な強迫と変りがない

公園で　つる状の白バラ　ヴィッチェンが
蕾を開こうとしている
近い将来　耳が聞こえなくなったら
どうすれば良いのだろうか　と沈むが
ベートーヴェンを思い起こして
希望の綾取りに終始する

秋の深まりを告げる
錦木《にしきぎ》の小さな赤い実

黒白まだらの幼犬が　洗濯している
ふっくら肥えた中年女性のところに
小走りで駆けていった
おばさんは　ハッと嬉しそうに
洗濯の手を休める　温水プールの横手で
手洗いしている光景を目にすると
わたしの心も　ほんのり紅葉色になりそう

ベートーヴェンと耳の障害
ハイリゲンシュタットの遺書を書いてからも
彼は　旺盛な　作曲活動を続けた
耳鳴りは　時には
妙なる天使の声のように
時として内なる打鈴《タリョン》＊のごとく
聴覚を　打ちに来る
しじまを　縫って

＊打鈴《タリョン》＝朝鮮の民族音楽の一種。

別れに代えて――改作――

巣立ちの時期が　来ているのでしょうか
ある友人の妻が
〝夫から去って下さい〟というシグナルを
点燈している
彼女に取られたらしい郵便物三つ

過去のラブ・アフェアのとばっちりか
わたしは　心の友を失いかけている
魂は　まるでバスチーユ*の牢獄に入っているかのよう
わたし達の清らかな友情が
太鼓の響きとともに
断頭台の露と　消えようとしているのか
夫の女友達を　こうしたやり方で
追い払おうとする彼女の隠微な心理

恩人の妻には　声を上げることができない
さあ　立ち去りましょう
日陰者めいた役回りは　願い下げ

プーシキンの「自由」という詩で称えられている
フランス　ロマン派の始祖
アンドレ・シェニエ*の高貴で複雑な詩篇には
ギリシア神話の世界が底を流れる
博識ゆえに　香り豊かな恋愛詩のかずかずは
擬古文めいた罠に掛かったものもある
この胸を　ときめかせたのは
アンドレ・シェニエのフランス革命に関するいくつかの
論文
彼は穏健で公正な立憲王政の実現を目指していた
ギロチンにかけられてから二百五年後の
今日　王政復古の猛猛《たけだけ》しいラッパの音が
この国で　吹き鳴らされているなあ

彼の研究家からの手紙類を読み返すと
宝石箱に仕舞いたくなるほど
誠意に　溢れているわ
誇らしかった　あの頃よ　さようなら
義理がたい友よ　お元気でいらして下さい
どのような強権政治とも　わたしの魂は
不可侵条約を結んでいよう
疑心暗鬼に取り付かれた政権が
私生活に
ギロチンの刃を　降ろそうとしている

＊バスチーユ＝一四世紀後期、パリ郊外サンタントワーヌに築かれた城塞。一七世紀には思想犯の牢獄となったが、一七八九年七月一四日、パリ市民によるこの牢獄の解放がフランス革命の発端となった。革命中にこの城塞は壊された。（『コンサイス外来語辞典』第四版）

＊アンドレ・シェニエ＝（一七六二～九四）フランスの詩人。

III

鋼鉄の思想

ある雑誌の新年会への出席をかねて
東京に行ったのは　二年前の一月下旬
着いた日は新宿ワシントンホテルに泊まった
広い広い　新宿駅西口の地下通路を
ねぐらにしている人々がいて
真冬に　使いふるした毛布とダンボールで
寒さを　凌《しの》いでいた
旅人《ナグネ》の心中には寒い風が吹いていて
大地から隔てられて久しい両足が
細長い頭髪を　逆立てていた
おお　そこには

輝く太陽の恵みを受けて育った
褐色の肌の青年も　何人か集《つど》って
彼らだけで立ち話をしていた
東京都が　十三億円も投じて
動く歩道を建設するという名目で
新宿駅西口の地下道から
脚腰も弱っているであろう人達を
警官隊を動員して立ち退かせた

山谷を訪れた日
手頃なオムライスで昼食を済ませ
主要道路が広いのに驚く
ほろ酔いいかげんの五十前後の男性が
　ヤクザ風の人ではなかったのに
よろけるように　近寄ってきたので
鋼鉄のように気色ばんだ　わたしがいた

春の宵

四月になると　日はゆっくり暮れる
コデマリが　白く可憐に弾み
魔法使いの侍女みたいに　ポピーは
黄色やオレンジ色の花々を風に翻している
曇った空を映して　新緑を濃くする木立
もう冬ではありえないのに　日本政府は
アメリカに寄り添って　軍事的な陰影を
深刻にしつつ　日本国の根幹*を犯しかねない
反米感情にも　誰かが水を与えている
おお　アジアよ！

夕暮れ　散策する私の横を
数人の男の子が自転車で通り過ぎた
最後尾を走っている子供が　前の子供に
「殺すぞ……」と平然と浴びせている

追い越されたことが　癪《しゃく》に障ったらしい
物質文明の頂で　間《ま》を省略した言葉は
春の宵に吸い込まれて　精神の暗がりを広げるだろう

暴力、軍事産業、戦争、平和、安全保障……
わたしの頭は　どうにか回転しかけるが……
小鳥達が　高い樹々の間を飛びかいながら
空は　自分達のものだと
小気味よく　鳴いているよね

＊日本国の根幹＝日本国憲法

冬の小話

暗闇から　何かのメッセージ
木枯しが　窓辺に吹き寄せる
厳寒の屋外では
風の魔王が　荒れているようだ
こんな夜には　子供は
出歩かない方が良いよ
びゅううう　びゅううう

自転車に　合せ番号を知らないと外せない
鍵を付ける　いたずらをされた
近所の女の子
自転車屋さんが　大型のペンチ持って
鍵を切断しに　出て来てくれたから
もう　大丈夫だね
トゥーキーズ　トゥーキーズ

庭で飼っている猫　園子《そのこ》と野子《のこ》は
ダンボール箱の中で　寝ているだろうか
いくら　夜遊び好きな二匹でも
今夜は　もう　寝ただろうなあ
みゃおうう　みゃおうう

夜は　底を深くする
窓ぎわに聞こえる木枯しは
泥酔した魔王の息
戸外を　さまよいながら
真冬に　役を降ろされる
ちょうせい　ちょうせい

晩夏――改作――

照り注ぐ　真昼の陽光
海からの風が　わたしの差す日傘を弄ぶ
砂地に残したサンダルの跡
波打ち際は　もう少し向こうにある
帽了を被っていないので
日傘を握りしめる　下手をすると
日射病になりそうなほど　強い日差し
岩礁には　富上壷が　びっしりと付着していて
釣り人　ふたあり　釣糸を垂れている
涼しさが際立つ海の真前
波頭は　小粒真珠のような渦を
岩に当ててから　泡となり
消え　かつ結ぶ波線

和歌の浦　ふり返って見れば大奇岩

天女になって　舞い踊りたい

天女ならぬ　若い巫女さんが案内してくれた
紀州東照宮の御祭神は
徳川家康と紀州藩祖の徳川頼宣
本殿拝殿の屋根と柱の間を飾る
彫刻絵画の主要部分は　左甚五郎作とか
色鮮やかでありながら　すがすがしい
鶴と亀の彫刻は　石の間《ま》から　白い鶴が
今にも羽根を広げて　飛び立つかに見える

「廃仏毀釈《はいぶつきしゃく》*の時に、一緒にあった寺が壊されました」
素朴な話し方の中に垣間見えた　巫女さんの
天皇制に対する脅えのようなもの
夏の終り　随身門に向かって左側に
米軍が投下したと覚しき砲弾の
薬莢だけ二個　鎮座させられていた
過去を風化させず　和やかに振舞う人達
海洋性気候の賜物かしら

＊廃仏毀釈＝明治初年、政府の神道国教政策、神仏分離政策に応じて起こった、仏教の抑圧・排斥運動。平田派国学者の神官を中心に、各地で仏堂・仏像・仏具・経文などの破棄・焼却が行われた。（国語大辞典『言泉』監修：林大、小学館）

大きな忘れ物

春が　さあ元気を出してという感じで
朱赤のやぶ椿に　言づけてやって来たけれど
この国の行く末を考えると　憂うつになり
散歩にも出ずに　家で　縮こまっている
わたしの生まれ育った国が　だんだん
変質してゆくようだ
一九九八年十月十五日　未明
千葉朝鮮会館で宿直していた役員の
羅勲《ラフン》さんが虐殺された上に同会館が放火された
同年九月二十二日には　千葉朝鮮会館に
右翼団体が十三台の街宣車を動員して同会館を回りながら
「朝鮮人は帰れ」、「ミサイル発射の暴挙を許さない」
などの挑発・妨害行為を行っていた

事件から　五ヶ月半経つけれど
容疑者が逮捕される気配すらない
近くの園生《そのう》に　楚楚と咲いているれんぎょう《ケナリ》
黄色い小さな花々は　うつむき加減に
開花しているのね
先天性の麻痺があって　少し体が不自由だった
羅勲さんは　働き者で善良な人だったという
四十二歳　独身だった

人間としての責務を放棄してしまったかに
見える日本政府
泥池で　共生という言葉だけ揺れている
摘み取られようとしているのか！
黄色い小さな花々　四枚の花びらが
十字架のように　犠牲となった
生国とは
祖国とは

胸帯に書かれた詩*

春の夜　その帳が降りる頃
巻かれた白紙の詩行を　胸から繙《ひもと》こうとしている
わたしは　心の底から　戦争を憎み
戦争に反対しているけれど　今や
もっと多くの人々が目覚めなければならない
東北アジアの平和が　脅かされようとしている
アメリカと中国と日本政府によって
大家《たいけ》に巣くう気力の萎えた二十鼠みたいに
お腹だけ白ければ良いというものではないよ
皆が　平和のために真剣に考えていなければ
いつ戦争が起こっても　不思議ではない
命にかかわる時代が　やって来ようとしている
ユーゴスラビア連邦に対するＮＡＴＯ軍の空爆のように
強大な軍事力という毒をもって　内戦という
自家中毒を制するのは　間違っていたわ
たとえば　朱い花のゆるやかにカーブした
黄緑色の茎に寄り添う黄緑色の名も知らぬ花
そうした草花たちの睦まじい有様にこそ
微光がある
だが　こんなつまらないたとえ話は
内戦下のシリアの人々を
より　一層　悲嘆の淵へ沈ませるだろう

ああ　それにしても　何と孤独感の深いこと
わたしは　魅せられた人とは　まだ一言も
話をしていないのね
百年前のセピア色の写真から抜けだした男女のように
進展しない雲行き
亡くなった父は元在日朝鮮人だったから
日本人の男性を　心から好きになることは
わたしの存立を　危うくしかねないのに
あの人にとって　わたしは小さな存在にすぎないだろう

民族主義を突出させて
他民族の立場を忘れてしまえば
鉄兜《かぶと》を身近に置くようになるのだ

＊胸帯に書かれた詩＝「平和のために」を改作・改題

平和主義者——ふたつの心——

ドイツがソ連を攻撃したと知った時
リヒャルト・ゾルゲは
石井花子さんの膝に顔をうずめて
「私は淋しい。私には本当の友達がいない」
と胸も裂けんばかりに嘆いた
ゾルゲの父親はドイツ人で
母親はロシア人
彼は　一八九五年十月四日
帝国ロシアのバクーに近い小さな町に生まれた
その夜　ガールさんと呼んでいた
小柄な日本女性の前で
大胆な国際共産主義者の魂の裂け目から
ほとばしった涙

十九歳の時

第一次世界大戦に志願兵として参加
当時　ゾルゲはドイツに対して
花曇りの空を仰ぐような愛国心を抱いていた
東部戦線で　二度　榴弾《りゅうだん》で両脚を負傷し
彼は一生　ロシアとの塹壕《ざんごう》戦の悪夢を
引きずりながら歩くことになる

「戦争嫌いが　僕を共産主義者にした」
一九二三年十月　ドイツ革命が失敗に終わる
翌年の秋　彼は妻クリスチアーネとともに
ひそかに　モスクワに旅立った
一九二五年　ソ連共産党に入党を許される
一九二九年　スターリンがソ連国家機構に対する全権を
掌握する
しばらくしてゾルゲはコミンテルンから
赤軍情報機関に移された
酒量が増えたリヒヤルト
赤軍第四部の長ベルジン将軍が彼に
中国派遣という新しい任務を与える
一九三〇年一月　上海に上陸する
すでに　上海の左翼活動家のグループで
重要な地歩を占めていたアグネス・スメドレーに紹介さ
れて
ゾルゲは　尾崎秀実を見出したようだ*
一九三一年九月十八日　関東軍の陰謀によって
柳条溝で　満鉄の線路が爆破される
これが　満州事変の発端となる
一九三二年二月　朝日新聞特派員である尾崎に
新聞社は　大阪本社に帰るよう命じた

一九三三年　赤軍情報機関第四部の指令によって
日本に派遣されたゾルゲは
尾崎秀実と　奈良において再会した
このめぐり逢いは　世界の平和にとっては
福音だったかもしれないが

尾崎に重大な決意を迫るものだった
〝欲の少ない男〟は中国で築かれた友情に厚く
大日本帝国の進路を　心から憂えていたのだ

近衛首相の側近から情報を得られた尾崎と
駐日ドイツ大使オットーの信頼を利用したゾルゲ
オットーも　青年将校として第一次ヨーロッパ大戦に参
加したので
ゾルゲとオットーは　すぐに親しい間柄になった
「オットーは良い男だった」
人間的な情を感じる相手をも　信念によって
背中から刺す非情な大きさ
大使夫人ヘルマとゾルゲが親密になるのに
時間はかからなかった

一九三七年七月七日　北京郊外の盧溝橋近くで
日本軍と中国軍との衝突がおこった
現地協定を無視した日本政府の強硬な態度は
陸軍を煽りたて　中国側にも中共から
国共合作による全面抗戦を呼びかけさせた
日本軍は　七月二十九日までに北京、天津などを占領
八月十五日には　近衛首相は全面的な戦争の開始を宣言
して

即刻　陸軍の大部隊が上海に送られる
九月末　蒋介石も国共合作を正式にみとめ
抗日民族統一戦線が成立
日本軍は　十二月には南京を占領した
南京占領にさいして、日本軍は
あまたの婦人子供をふくむ住民を虐殺した

翌年の三月　国家総動員法が制定される
暗雲立ちこめるアジアと欧州
この年の六月　ルュシコフというソ連の高級将校が
満州国境を越え、大日本帝国に亡命した
ゾルゲと尾崎が掘りあてた
いくつかの鉱脈の中に　ルュシコフ報告*がある

一九三九年八月二十三日　突然
独ソ不可侵条約の締結が発表される
この頃　ノモンハン*での日本軍の敗北が決定していた

一九四一年十月
フランクフルター・ツァイトンク紙の特派員
リヒャルト・ゾルゲ博士と
無線技師マックス・クラウゼンが
日本の警察に逮捕される
一九四四年　十一月七日は
第二十七回のロシア革命記念日であった
「長い間　いろいろお世話になりました」
この日の朝　まず
尾崎秀実が処刑された　享年43歳
しばらくして
リヒャルト・ゾルゲが絞首台に連れて行かれた
台が跳ねる前に　彼は
「共産党、ソビエト連邦、赤軍万歳」と
日本語で叫んだのか

鳥じもの海に浮きいて沖つ波さわくを聞けば
　あまた悲しも
　　『万葉集』巻七雑歌より

疑う怪物スターリン*は
ゾルゲ達が生命を賭けて打電した
ドイツが　六月二十二日にソ連を攻撃するという
正確な情報を
紙くずのように扱った
ゾルゲの上司ベルジン将軍は
スターリンによる粛正で銃殺されていたのだ
ゾルゲが　ソ連から
最高ソ連英雄勲章を授けられたのは
死後　二十年たってから——

一九九一年　ソ連邦崩壊

さまよえる霊魂は
生まれ故郷　アジケンドの空で
ひっそりと　安らいでいるだろうか

＊ゾルゲは『ゾルゲ事件』（平凡社新書）によれば、鬼頭銀一という人物から、尾崎秀実を紹介された。その後、鬼頭は憲兵によって毒殺された。

＊ルュシコフ報告＝日本人による最初の訊問で、ルュシコフは、シベリアにおける国内の反対運動の構成について詳しく説明し、ソ連の国内情勢について注目すべき叙述を行った。さらにルュシコフは、シベリアとウクライナにおける赤軍部隊の配置を明らかにし、現に使用中の軍事無線暗号についての情報を洩らした。この技術的情報は非常に詳細なもので、特にシベリアにおける赤軍部隊について詳しかった。（『ゾルゲ追跡―リヒアルト・ゾルゲの時代と生涯』Ｆ・Ｗ・ディーキン、Ｇ・Ｒ・ストーリィ著・河合秀和訳・筑摩叢書２６８より）

＊ノモンハン＝ノモンハン事件がおこったのは一九三九年五月である。その前日に関東軍は「国境紛争処理要綱」を各部隊に配布し、紛争をあおるような動きを見せた。その影響は意外に早くあらわれ、満蒙国境のノモンハンでソ連軍と外蒙軍との間に紛争がおこった。関東軍は兵力を増強し、戦車や戦闘機を投入したが、ソ連軍の機械化部隊の圧倒的な優位はあきらかであり、日本側の損傷は甚大だった。（『越境者たち―ゾルゲ事件の人びと』尾崎秀樹著、文藝春秋刊より）

＊スターリン＝ロシア文学者の亀山郁夫氏によれば、スターリンはロシア革命（一九〇五～一七）が起こった当初は、白軍（皇帝側）に所属していたという説がある。

沖縄人コミュニスト——めぐり逢い——

画家　宮城《ミヤグスク》与徳《ヨトク》は一九三三年十月下旬に
アメリカのサンピドロ港から
横浜港に到着した　三〇歳であった
彼にとっては　初めて踏む日本本土の地
宮城はコミンテルン（国際共産党組織）の指令により
日本へ帰って　組織の仕事に就くよう要請されていた
二年前にアメリカ共産党日本人部に
加盟したばかりの彼に
白羽の矢が　立ったのだ

ユーゴスラビア出身の新聞記者
ブランコ・ド・ヴケリッチの指示で
宮城は十一月下旬の某日　上野美術館で
マックスことリヒャルト・ゾルゲに出会う
知性にあふれ　強い意志力を漂わせた
ゾルゲの風貌に接して　宮城は彼を信頼した
人を見通すような頼もしい面差しの宮城に
ゾルゲは　透明な信任状を与える

宮城与徳は一九〇三年沖縄県国頭《くにがみ》郡名護の生まれ
沖縄の中央　那覇ではなくて　名護
母方の祖父から　名護《なぐ》まさ（負けん気）を受け継ぎ
祖父が語る沖縄の歴史から
良心を貫く生き方を学んだ　たとえ
尚巴志《しょうはし》に仕えた武将　護佐丸《ごさまる》*のように
悲劇的な最後を　迎えようとも

一九一九年六月に　シアトルへ上陸
与徳は数年ぶりに　兄の与整と父に再会した
カルフォルニアとサンディエゴの美術学校を
卒業してから　メキシコ国境に近いブロウレイの
中村農園で働いた十ヶ月の間
宮城よりも　もっと貧しい季節労働者たちの

惨めなキャンプ生活の実態を目にして
抱いた社会的な問題意識

一九二七年　宮城県出身の八巻千代と結婚
二年後　ロスアンゼルスで最初の個展を開く
この年　ウォール街の株価が大暴落する
世界大恐慌の始まり
一九三〇年の末　プロレタリア芸術研究会の
創立に参加した宮城は
そこで　十七歳年上の北林トモと知り合う
農園経営者の妻だったが　思想的に
共感を覚えて　与徳と結びついたトモ
しばらくして　彼は千代と離婚
オルガナイザー*としての宮城の熱意に応えて
北林トモが賭けたものは　何だったのだろう
一九三一年秋　宮城与徳は　沖縄人として
「真面目に民族運動としての共産主義運動を実行する決
心で」（検事訊問調書より）

アメリカ共産党日本人部に加入したのだが
八巻千代が再婚したことを知って
飲めない酒を飲み始めたようだった

再び　日本本土
宮城は　ゾルゲと尾崎秀実の連絡係というだけではなく
粘り強い情報収集活動を展開していた
諜報活動とは　両立し得なかった画業！
陽の尾崎に対して　陰の宮城　だが
二・二六事件に関しては
鋭い情報分析力を示して　日本が再度
中国を侵略すると予測した与徳
一九四一年の五月頃　宮城はグループの一員
元大陸浪人の川合貞吉に「春の淡雪のごとく散ってゆく
さ」とつぶやいたりした

北林トモが一九四一年九月に和歌山県の自宅で検挙され
宮城は同年十月麻布区の下宿で検挙される

肺疾患が重くなっていた　厳しい取り調べに
自殺を図ってまで抵抗した宮城与徳は
一九四三年八月　消えるように
巣鴨の東京拘置所で亡くなった
四〇歳であった　そして
ブランコ・ド・ヴケリッチは
淑子夫人と息子の洋の面影に別れを告げて
網走刑務所で　獄死した
宮城からヤング・フェローと呼ばれていた彼は
マックス・クラウゼンとは異なり
共産主義に対する信念を貫いたのだ
北林トモは　釈放直後に亡くなった
〝林間〟という絵は　静かに　そこはかと
人と人の絆が調和した人気《ひとけ》のない世界を
語っているようだ

＊護佐丸《ごさまる》・阿麻和利《あまわり》の乱＝一四五八年琉球国六代尚泰久王の時に、沖縄本島中部の勝連グスク（かつれん城塞）を拠点に、強大となった阿麻和利が王位をねらって反乱を起こし、敵対する中グスクの護佐丸を滅ぼしたが、やがて国王軍に攻められて滅んだと伝えられる事件。（『琉球王国』高倉倉吉著、岩波新書より）

＊オルガナイザー＝組織者。労働組合・政党・団体などの下部組織を作るため、あるいは強化するために、上級機関から派遣される者。邦略してオルグ（『コンサイス外来語辞典』第四版、三省堂）

草笛——改作

えのころ草に親しみを感じる
民草のひとりに過ぎないわたしだけれど
自己と運命が切り開いた道に沿って
歩んできたつもり　思春期後半には
父の愛人と二人だけで同居させられて
自暴自棄に陥ったこともある情けない半生を
苦笑いしながら　今後も
わたし自身が敷くレールに添い遂げたいのです
そのように願っている者に
錆だらけの鉄槌が　下されたのです
戦後五十四年目の八月に成立した
国旗・国歌法案が　それである
百日紅《さるすべり》の花は　色あざやかに　ふさふさ揺れ
白百合は　背筋を伸ばして　涼し気に咲いている
冷えた地下鉄の車内では誰も政治論議をしない
たまたま隣合ったアベックの若い男性は
連れの女性に　美人談義を始めたりしているだけ
随分　以前の話になるが
降りた乗客が残したらしい嘔吐物には
滑稽なほど　嫌悪感をあらわにしていた若者達

かつて大日本帝国が　東アジアの国々を
蹂躙《じゅうりん》したという事実に　ほとんど
ほおかぶりしたまま
日の丸・君が代は　日本の国旗・国歌として
定着させられようとしている
青息吐息！

こうした時にこそ
散策の足を　近郊の渓流まで運び
ひとりひとりが　川岸に茂る木立から
気に入った木の葉を選んで　手折り

草笛を　作ろうではありませんか
そうして　一枚の葉っぱが組み立てた空間に
新たな息吹を込めて
ささやかな節を　大気中へ放出してみるのです
しばらくすると　川面から
頬をよぎる涼風も吹くでしょう

素顔のソウル

初秋の金浦空港の空は
白鷺が数羽かすっていったような雲が流れ
青く澄んでいた
大阪から二時間弱の飛行時間で
縮《ちぢ》かんでいた　わたしの韓国語も
おぼつかなげに鼓動を刻む　着陸寸前
滑走路を眺めながら
不覚にも　涙が頬を伝った

地下鉄の乗り換えがうまくゆかず
地上でタクシーに乗る　青年と中年のあわい
運転手さんは気さくに話しかけて来た
日本に行ったことがないと言うので
「日本に関心はないんですか?」と聞くと
「日本に関心のない韓国人はいませんよ。

金持ちというのが日本のイメージです」
「最近、日本では貧しい人が増えていますよ」とわたし
が返すと
「〝反日《パーニル》〟知っていますか？　心情的なものですが」
と寄せる歴史認識における深い溝

夕方　大学路に近い韓国文人協会を訪れる
韓国の詩人達の住所録を探していると言うと
香しい緑茶を出してくれた女人
日本で暮らしておられた時期があるのかしら
異国で飲む緑茶に　ほっと　ひと息つく
恰幅《かっぷく》がいい朴鍾哲氏が
雑誌と詩集を下さる
やっと入手した住所録
初めて　韓国人からもらった『仏岩山《プラムサン》の詩《シ》』
深夜　本の扉を開くと　根《プリ》という単語が
目に飛び込んで来た　生き生きと

魂の一里塚

咲きはじめの淡い露草色で　紫陽花が
梅雨の前触れを　初初しく色づけていた
それから十日程して
あの花を好きな母が入院した
ここ数年　肝臓を患っていたのだ
長い歳月　働き続けてくれた母さん
また　見舞いにゆきます
こんな日の午後　ナヌムの家のハルモニ達は
どんな風に過ごしておられるのかなあ　と
先日　観た「息づかい」・「ナヌムの家Ⅱ」という映画の
各シーンを　フラッシュバックのように
脳裏に写し出した

「ナヌムの家Ⅱ」から
ねぎの苗を植えながら

妹も連行されたというユン・グムレさん（77歳）は
「……。結婚したらしたで夫も連れて行かれるし。33か32歳で独りになったんだったかな？　そう。だから、日本人と聞くと私らにいくら親切にしてくれても、うんざりするんだよ。悔しくて」と語る
発言の後半あたりが　妙に
頭の隅でくすぶっていたのだろうか
映画の冒頭　三年前の二月に
六八歳で亡くなった　姜徳景《カンドクキョン》さんの最後の語りには
共感して涙をこぼしたわたしが
この後のシーン　カボチャ畑でパジ＊を穿いた
ハルモニの後姿に　一瞬
矢のような視線を　投げ掛けてしまった

その夜
自分はこんな程度の人間なのかという自己嫌悪と
日本政府への反発がないまぜになったまま
帰宅した

再び「ナヌムの家Ⅱ」から
一九二八年釜山で生まれたユン・ドゥリさんは
新しい仕事先を調べて帰る途中　交番に呼び込まれ　そのまま筮山・ヨンド第一慰安所へと送られた
解放後　いろんな事業に手を染めて大金を手にしたことも——
そのようにヴァイタリティのあるユン・ドゥリさんが
教会で祈っておられた
「……。父なる神よ、どうか新しく復活させて下さい。……」

ハルモニ達が生きておられる間に
わたし達の魂を開墾して
良心の種を　蒔かなければならない
ひとり　ひとりが

＊パジ＝下半身にはく朝鮮の民族服。

那覇　あちこち――改作――

秋の彼岸の入り　風の強い日だった
沖縄では　深紅のハイビスカスが
生暖かい風に揺れて　いくつかの花々が
それぞれの向きで顔を伏せていた
人間の花には当てはまらない光景のようだ

中国が好きなタクシー運転手のSさんに
勧められて食べた　首里《ソーキ》*そば
二片入っていた豚の骨つき肉は
観光地レストランの醍醐味といったところ
麺は　しみじみメンソーレー*と喉の奥へ滑らせた

二日目の朝　高速バスに乗り遅れまいと
ホテルから駆け出した　わたしの眼前を
オートバイ通勤の一群が
雀蜂の群れの十倍ぐらい激しい唸りを発して
疾走していく

高速バスに乗り遅れて
農業試験場入口のバス停付近で　たっぷりの
時間つぶしに　お墓屋さんの裏手へ登ったら
大きな部屋のような堅牢な墓が　十ばかりあった
淡い灰色あるいは白を基調にした墓地は
荘厳でありながら柔和な沈黙を　堪《た》えていた
沖縄戦における数多くの死者達を思い起こしてから
じわりと胸に染みた　墓石の色合い
未確認の事項を
感傷のみそそぎで片付けようとする一観光客

「What's going on?」*
最終日　バスの中で　右手を庇いながら
左手で　大型カバンを持っていてガタと音がした時
背後から　アメリカ娘みたいのがのたもうた

那覇の若い乗客達は　足腰を鍛えたい風《ふう》だった

＊ソーキ＝このルビは間違っているのだが、このままにしておく。
〝ソーキ〟とは沖縄語で豚の腰骨あたりを指すらしい。つまり、
〝首里《ソーキ》そば〟とは首里城正門近くのレストランで食べたソーキ
そばのこと。
＊メンソーレ＝沖縄語で〝いらっしゃいませ〟
＊米語で〝どうなってるの〟ぐらいの意味。

北海道——追憶——

スモークサーモンのマリネを作りながら
ふと　思い浮べた札幌駅前
訪れた一九九三年は国際先住民年でした
天高く澄んだ空　広い大通り
清涼という言葉がふさわしい夏
歴然と区切られた街並みに
明治初期の開拓判官が示した激しい意欲が
伝わってくるようだ
土地所有の観念に翻弄された
アイヌ民族は　かなたへ押しのけられて……

水草の陰が濃いポロト湖を包む
白老《しらおい》ポロトコタンで
まず　目を引くコタンコㇽクㇽ＊の像
高さ16メートル　威厳が感じられて

大地の温もりのようなものを
手渡してくれた
アイヌ民族博物館で見た　墓標は
男性のは先が尖っていて
女性のは先が丸くなっている
はっきり分けられていた男女の仕事
暮らしやすかったのでしょうか
アイヌの女性は

ともあれ　梟《ふくろう》の神様は
昔は金持で　今は貧乏になった家族を
哀れんで　りっぱな宝物　神の宝物で
小さい家を　一ぱいにしました

静内《しずない》で拝見したシャクシャイン*の碑
ペンキで汚された箇所は
拭いても　綺麗に消えない
シャクシャインの魂は
宙を　さまよっているのです
もともと　シサム（良き隣人）と呼ばれていた和人が
シャモ（和人）と呼ばれるようになった由来
解きほぐさなければ

明治初頭にしかれた屯田兵制度によって
北海道に押し寄せた　平民という名の群衆
農民・旧士族・囚人たち
彼らの多くは　冬の厳しい寒さと高い租税にあえいでいたのです
ちなみに　安部公房の祖父は開拓民のなかで
百人にひとりの成功者だそうだ
「たくましかったんだね」と
大作家は　無邪気に述べている
二十一世紀こそ〝たくましさ〟の内実が
問われるだろう

*コタンコㇽクㇽ＝アイヌ語で「むらおさ」という意味

＊シャクシャイン＝和人に追いつめられ、あざむかれ続けたアイヌが、一六六九年シャクシャインのもとに最後の抵抗を試みたが、英雄シャクシャインに手こずった松前藩は、和議の宴をもち、彼をだましうちにした。

『わたしの道《ナエギル》』あとがき

二冊目の詩集『白磁』を出版してから九年も経ってしまった。この詩集に収めた三三編の詩以外に、韓国の詩人達の詩を日本語に翻訳してきた。それにしても少ない作業の結果である。

私は日本語に愛着は持っているが、日本語で書くことに自信があるとは言えない。もちろん日本語は私の母語であり母国語だ。母は日本人で教養のある人だから、大阪弁に近い共通語のような日本語を、きちんと話す。彼女は決して偏狭な心の持ち主ではないのだけれど、古文に興味を示さない人ではある。そうした影響を受けたのか、私にとって古文の習得は外国語学習よりも難しい感じがする。

母は医業で忙しかったので、父の少し覚束無《おぼつかな》い日本語を聴いて育ったという劣等感に近いような意識が、私の頭を通り過ぎる時がある。このような不安と無縁ではない私は、時には次に何を書きだすか分からない唐突な筆致を備えざるを得なかった。

生前、家庭内で韓国語を口にしなかった父は、一九九七年一月に亡くなった。父は亡くなる三年前に胃癌の手術をした。ずっと付き添ってくれた兄の話では、手術後の麻酔が薄れかかった無意識の沼から、朝鮮語でしきりに何かを訴えていたとのことである。亡き父は朝鮮戦争が勃発した（一九五〇年六月二五日）直後から、『赤旗』に反米的な記事を書き続けており、サンフランシスコ条約締結前の米軍政下だったために逮捕された。この頃、父はまだ帰化しておらず朝鮮籍だったので、取り調べに当たった日本人の刑事から民族差別的な言葉を投げ付けられたようだ。父は四条畷市内の刑務所に政治犯として一年弱収容されていた。後日、兄は私に「父さんがあの時うなされていたのは、昔取り調べを受けた時のことを夢に見ていたんだろうな」と言った。その時、私が傍にいれば父の訴えを少しは聴き取ってやれたかも知れないと思うと、寂しい気分になる。

随分、話が飛ぶけれど〝詩とは何か〟。この九年間、私なりに創作としての詩とは何かを模索しながら詩を書いてきた。詩作にあたって詩論を読まない私は、実体験に則して詩論以外の読書などの助けを得て書いていた。どんなに不器用でも良いが、詩の職人にはなりたくないと思っている。批評にまで到達した創作とは何かをも問いつつ書いた拙詩篇であるが故に、詩作の対象にさせて頂いた方々の中には、御不快に受け止められる方もあるとは承知している。詩が社交の産物でないのは言うまでもないが、詩がルポルタージュと一線を画すのも明確であると考えている。

言うなれば詩作とは、その時々の心の襞《ひだ》に入り込んだ埃を簡単に取り除かないで、放っておくと傷になりそうな段階のものまで、書き手の人格が森羅万象の力を借りて、生き方としての誇りへと立て直す作業に似ているだろう。詩が文学の一分野だとすれば、文学へ至る道は歩き続ける者にとって、目標が人生の最後にたどり着く地であるという漠然とした指標しかない。

このような極めて漠然とした指標に、うち震えて投げ出してしまえば、先に書いた詩作の定義によれば、精神の決算を済ませずに投げやりな心地で生きてゆく境地に陥ることになる。

一方で日本の現代詩が、今だに市民権を得ていないという現実がある。このことは、即効性と実用性を重んじる日本の大衆から、〝詩人とは何か〟という問いが遥か以前に突き付けられていた歴史を物語っていると言えよう。

ニューヨークのタイムズスクエアで九月二五日、芸術家たちが黒っぽい服装で、「Our grief is not a cry for war」（私たちの嘆きは、戦争へ向かう叫びではない）と書かれたプラカードを掲げて反戦を訴えた。（朝日新聞九月二六日付夕刊）

九月十一日に起こったアメリカ同時多発テロによって、おびただしい死傷者が出た。癒《いや》されない悲しみを憎悪へ転化したくないニューヨーク市民の深い喪失感を、右のメッセージから読み取ることができるだろう。――後略――

二〇〇一年十月

参考文献

大きな忘れ物
千葉朝鮮総聯役員虐殺・放火事件資料集（中間報告）
平和主義者――ふたつの心――
『人間ゾルゲ』石井花子　徳間文庫
『ゾルゲ＝尾崎事件』ブトケヴィチ　中山一郎訳　青木書店
『異端の視点　変革と人間と』石堂清倫　勁草書房
『ゾルゲ　引裂かれたスパイ』ロバート・ワイマント　西本正明訳　新潮社
『昭和史』〔新版〕　岩波新書

『続折々のうた』大岡信　岩波新書

沖縄人コミュニスト——めぐり逢い——

『ゾルゲ事件』尾崎秀樹　中公新書

魂の一里塚

映画「ナヌムの家」「ナヌムの家Ⅱ」「息づかい」のパンフレット　配給パンドラ

那覇あちこち

『沖縄からの出発　わが心をみつめて』岡部伊都子　講談社現代新書

『沖縄ノート』大江健三郎　岩波新書

北海道——追憶——

『アイヌ神謡集』知里幸恵編訳　岩波文庫

『死に急ぐ鯨たち』安部公房　新潮社

4章　詩集『愛の迷路』より

ニイチェは、血で書かれた書物を読みたがった。だが、血で書かれた文章というものは、たぶんないだろうと私は思う。文章は所詮、墨で書くものだ。血で書かれたものは、血痕にしか過ぎまい。むろん、それは文章よりもっと感動的であり、もっと直截《ちょくせつ》的ではあろうけれども、しかし色が変りやすく、消えやすい。この点は、なんとしても文学の力に頼るほかない。それはちょうど、墓のなかの白骨が、古往今来、その永久性をよりどころにして、少女の頬のうすくれない色を軽蔑するのと同じことだ。

岩波文庫『魯迅評論集』（竹内好編訳）の「どう書くか」より。

闇夜

私は尾行されている
真っ暗な夜　真っ黒なマントで身体をおおった
見知らぬ人物に
月のない夜
後ろを振り返っても
真っ暗な夜　真っ黒なマントで
顔まで隠しているその人物の姿は見えない
けれど　私は尾行されている
私の靴音から確実に数秒おいて
じわっとした感触がアスファルトを
伝ってくる　ストーカーか？？
私が昔やとった専属のガードマンかも

これは　しかし足音だろうか
夏の夜のけだるい空気のいたずらさ

私は尾行されていない
尾行されていない私は
にわかに虚しくなる
夜の坂道を下りながら口ずさむ
はやり歌を聞いてくれる人がいない
私は急に坂道の真ん中で立ち止まる
空に月はないが
両側の団地群に灯った照明を見て
ほっと胸をなでおろす

月のない夜
やはり　私は尾行されている　あの男だ
手切れ金みたいにカンパを要求してきた
あの男が夜の私を尾行するのなら
私は昼のあいつを尾行する
あいつがどんな女と腕を組み
何という名の喫茶店に入り
その女に私のことをどんな風に話すかを

逐一メモするのだ
そして　その女の顔の繊細なしわを
マイクロフィルムに収める

私は知られたくないが
知っていて欲しい
私が尾行して欲しいと思う夜だけ
真っ黒なマントで身体をおおって
茂みに潜んでいて
新鮮な　あなたよ

いたずら——ギリシアと韓国

アテネのパルテノン神殿*の柱に抱きつくと
男であれ　女であれ
古代の神の怒りに触れて
ドーリア式の柱の形をした棒状の
クッキーにされてしまう
という友人の話に魅せられて
わたしはペルシアじゅうたんに乗って
神殿に詣でた
遺跡にたたずんで
古代ギリシア人の厳《おごそ》かな祭祀に思いをはせていると
突然　女神アテナの豪快ないびきが
響きわたった
神殿の柱という柱が　たわむ
棒高跳びの棒を数十倍太くしたように
いびきの反響で　耳からイヤリングが落ちた

おもちゃ箱をひっくり返したような
オリンポスの神々のひわいな笑い
初恋に破れた乙女のごとく
わたしは　丘の下のアゴラ*へ逃走した
どうにか
ホテルに辿り着くと
白い覆面をした
アテナの使者だと名のる者がロビーで待っていた
女神が地下から先程の無礼をわびているとのこと
部屋に戻ったわたしは
パルテノンへの思い　アテナへの思いの
おまんじゅうを　床から拾い上げて
きれいに洗ってから
蒸籠《せいろ》で蒸し直して　食べた

そういえば　韓国には
トッケビ*みたいな男性がいたっけ
七年前の秋　ソウルで開催された
ある美術関連のシンポジウムでのことだ
金芝河《キムジハ》詩人の取り巻きのひとりが
昼食時に左隣に座っていた
その時　わたしは　まず
右隣の中国人と話し始めた
帰りの飛行機の中で
詩人のお話を克明にメモした
わたしのシンポジウム資料集
取り出してみたら　余白が真っ白
眼鏡をかけた取り澄ました男の顔が浮かんだ

*パルテノン神殿＝ギリシアの首都アテネのアクロポリスの丘の上にある神殿。女神アテナを祭る。アテナはゼウスの娘で、知恵と戦争の女神。ただし彼女がつかさどるのは、防御的な戦《いくさ》ばかりで、残虐な戦争好きのアレスの神には、同情を持っていなかった。

*アゴラ＝古代ギリシア都市国家の広場。市民の経済生活の中心であり、国政や学問についての討論もまた、ここで行われた(『コンサイス外来語辞典』より)。

*トッケビ＝韓国語で化け物、お化け、へんげ等の意味。

夕涼み

下草を踏んで　池の辺《ほとり》に近づくと
鉄柵の手前　涼風が全身をそよがせる
水鳥たちが　あたかも池の水と黙契して
すいすい　自在に泳ぐように
わたしも　夕風に　しばし
この身体を預けていた　雲の行方も忘れて

捕らえられないものへ身を任せる　心地よさ
孤舟を愛《め》でる心境は　うっそり繁った竹林
一本一本の篠竹が　そそけて立ち
ひとつの意志のごとく小島を形作っている
憂愁に傾く心象風景　わが青春
青い技巧を封じ込めた
孟宗竹の林への小道よ
サラバ*

*サラバ＝日本語の別れの際の言葉「さらば」は、朝鮮語の살《サ》아《ラ》봐《バ》（生きててまた会おう）が語源ではないかという説がある。

炎暑

炎天下　れんが色に舗装された道路の上で
プラタナスの枯葉が
裏向けに　寝そべっている
虫に食われた穴の大小が
レース刺繍を施されたように　繊細なので
その末路　カーキ色の姿に見入っていた

もうすぐ　戦後六十一年目の八月が
やって来る　あの落ち葉色をした軍服を着て
数え切れない日本兵士が死んだ
多くの非戦闘員が死んだ　沖縄戦を忘れるな
戦争などしたくもないのに植民地にされた
台湾と朝鮮　おお　何行書いても足りない！
日本は日露戦争*以後おかしくなっただって？
それじゃ　中国と東南アジアだけが侵略されたのかい
大日本帝国に　母の祖国に

*日露戦争＝日露戦争は一九〇四年二月十日に日本がロシアに宣戦布告して開戦した。その二十九年前の一八七五年（明治八年）九月には、日本は朝鮮で江華島事件を起こし、七六年二月には、朝鮮に対して江華島条約という不平等条約を強要した（姜在彦著『朝鮮の歴史と文化』明石書店）

ある猫の肖像

灰色の地毛　太く長い尻尾
毛先は日差しを受けて　銀色に光っていた
四肢には　横縞のソックスはいて
逆おむすび型の顔にある栗色の目は
切れ長で　日なたでは金色を帯びている

二年前　暑い盛りに庭で生まれたので　野子《のこ》
園子の子なので　野子
名づける時から面倒臭いって感じ
情愛ゆたかな園子母さんは　去年の春
避妊手術の話に眉をひそめて　出ていった
子猫は幼少時　栗鼠《りす》のように木登りがうまく
少し大きくなると　野性味に磨きをかけ
トカゲを捕まえることなど朝飯前
ヒマラヤ杉の上の方に登って
降りてこられないほど無鉄砲かと思うと
道を通らずに溝をくぐって移動する忍者

昼間は応接間のソファーで寝ていた甘えん坊が
忽然と家出してから　十日過ぎた
断崖から突き落とされそうなくらい淋しい
疎外されたのは　あの猫なのか
わたしなのか

天寿を全うできなくても
ペットとしての生活に見切りをつけた意志力
にゃおう　にゃおう　二階の廊下で遊ぼうよ
もう一ヵ月経つと冬になるわ
いつまでも　帰ってくるのを待っているからね

恋の亡霊——改作——

わたしは　死にかけていた
放置自転車みたいに　横たわって
恋の実物を　まだ誰も見たことがない
彼の心の底では　女嫌いの
クレバスが口を開いているのかしら？？

真面目で党派的な支配から脱して
詩の行水で　蘇ろう
放っておいて平気なのは
最後の闘いに忙殺されているからじゃないわ
詩人が　便利な存在だと見なされたら
息の根を　止められたに等しい
心ない横槍を入れられて
難渋した詩集『わたしの道』の出版

わたしが書いた詩篇を救えるのは
わたししか　いない　という
つつましい境地に立てば
自己を鍛える方法が　見つかるだろう

君子は　真っ白な淡雪を降らせるように
手を差しのべてくれたけれど
切実な相談の葉書は　行方が知れず
カプトリとカプスニ*は引かれ合っても
それぞれ　別の相手と結ばれるのですか

重厚で立派な著作を　抱いてみても
訪れたのは　重苦しい眠り
忘れようとしても　腰のポシェットに
潜んでいて　新しい出会いを邪魔していた
冷たく熱く混乱した彼女の上で
姿を消そうとしている　恋の亡霊

＊カプトリとカプスニ＝本貫《ポンガン》が同じ、つまり同姓で始祖の原籍地が同じ者どうしは結婚できないという慣習にちなんだ朝鮮の俗謡。一九二〇年代の歌で、民謡調の味と対話風の歌詞がおもしろい。一九六五年頃ある女性から採譜されたものが、同年韓国の金セレナによって歌われリバイバルヒットした（むくげの会編集・発行『むくげ愛唱歌集』の注に加筆）。

残り火

ひとり　ふたあり
あの方と赤い大和撫子《なでしこ》
彼の庇護を受けている平和運動の女性
紙面で見せつけられて　嗚咽した
庭で鴉《カマグイ》が　ッカァークッカァークと
鳴いている

手も握り合ったことのない間柄では
嫉妬心《チルトゥシム》は　すぐに自尊心の鎧《よろい》で身を固める
涙まじりの自由を得て　紅潮した頬を
霙《みぞれ》が　ポトポト　濡らしていく
幕間に　異端審問官のような老女史が
最新の自著を押し付けてきた

消してしまいたい火と

掻き立てていたい火
所有欲の　はるかかなたに
愛の丘が　見えないのなら
生きている意味は少ないでしょう
黄泉路で　かわす抱擁

陽炎《かげろう》

壊れかけた木橋を渡っていたのは
その女　ひとりだったのか
その男と　二人いっしょだったのか
今となっては　木橋の上で燃えていた
春の陽炎のみが知っているだろう
男は　別の舞台を設定していた
他の女との色事を匂わせて
彼女の競争心を　煽るという残酷な脚本で

真夏にさきがけて
たった一度掛けてくれた電話
彼は　恋の凱旋将軍を気取っていた訳ではないが
彼女にとって　その電話はつらかった
木橋から見える山頂に残った万年雪
二人だけの一時《ひととき》という鳥籠を持ったまま

誰も　壊れかけた木橋を無事に
渡ることはできないと
教訓を垂れるかのごとく
響いた　若やいだ男の声

さまざまな小細工を弄して　その男は
支配の砦を築こうとしたので　その女は
味気ない砂の城を
薄い胸へ描かざるを得なかった
口の中を　ジャリジャリさせながら
そして　ついに〝恋の勝利者〟になるのか
〝この恋に終止符を打つ〟のかという
二者択一路線を　突き進んでいった

その男には木橋に絡まっていた木《き》蔦《づた》を
撫でさすることの方が
大事であったのに

参考文献

角川文庫『城』（フランツ・カフカ作、原田義人訳）

大人はわかってくれない

十七歳は　壊《こわ》れやすい
あの少年は　卒業して五年も経ってから
出身小学校に乗り込んで
五十二歳の教師を刺し殺した
十七歳は草の葉だ
非行へ走るか自己を破壊しようとするかだ
背中を見せた壮年教師は冤罪の十字架で露と

ああ十七歳　わたしは鬱《うつ》を発病した
厳格な父が　実は艶福家で妻妾同居の数年
偉大なる母は耐え抜いた　心の奥で泣きつつ
美しかった医師の母が終生のライバルだなんて
わたしの容色は母より劣った醜いアヒルの子
在日朝鮮人の父と　敢然と結婚した日本人の母よ
かあさん　苦労の連続だった　かあさん

プレッシャーがきつ過ぎました
アジャパー　アジャパー

うつの神に見込まれた不肖の娘
自殺未遂二回半　鉄格子の中で読んだ朔太郎
狭き門より入れ　ペンネームの由来は聞くな
救いに至る道は狭く　滅びに至る道は広い
　痛めつけてきた肉体に詫《わ》びるしかない
狭き門より入れ
人類救世への道は　きわめて狭い

孤独の意味

逃れられない記憶がある
四年前のうららかな春の日
地下鉄で　K詩人の来日歓迎祝宴へ
向かっていた
数年の獄中体験に責め苛《さいな》まれた詩人
今は　有名という華やぎに包まれている

問題は　地下鉄の車内で見かけた女性だ
座った私の斜め向こうに側に　背中を見せて
列車の扉と対話していたようだ
その　しゃれた服装に目をとめていた
私の視線に気づいたのか
さっと振り返った彼女は　中年の前半ぐらい

その女性の顔　左頬を中心にして
顔面の五分の一ほどが腫瘍《しゅよう》になっていた
アッと　顔全体を驚きでおおった私
次の瞬間　女性の全身が
静かな諦観で　満たされ　静止しているのに
大きく波打っていた　外見に貫かれて

控え室に　あいさつに行ったら
初対面ではないのに忘れ去られていた私
K詩人は　それとなく謝ってくれたが……
あの女性の存在も重い
赤茶色の腫瘍が良性であればよいが
癌《がん》化《か》していたとすれば　などと考えて涙
獄中で　金《キム》芝《ジ》河《ハ》を襲った
生か死か　魔の刻
試されているのは
皮と薄い肉に　四苦八苦させられ
内奥を見うしなった　私たちなのか
彼女に生きていて欲しい

生存を賭けて——改作——

春の夜　その帳《とばり》が降りる頃
巻かれた白紙の詩行を
胸から繙《ひもと》こうとしている
わたしは　心の底から　戦争を憎み
戦争に反対しているけれど　今や
もっと多くの人々が目覚めなければならない
北東アジアの平和が　脅かされようとしている
アメリカ政府と日本政府によって
追い詰められる　北朝鮮よ　どうか
ハヌニム*の声に耳をそばだてて下さい
大家《たいけ》に巣くう気力の萎《な》えた二十日鼠みたいに
お腹だけ白ければ良いというものではないよ
皆が　平和のために真剣に行動しなければ
北東アジアでも　いつ戦争が起こっても
不思議ではない　命にかかわる時代
ゴキブリを駆除するように
殺傷されたアフガニスタンの民衆　多くの
崩壊させられたイスラム原理主義の政権は
いっとき　けしの栽培を自粛して
ヨーロッパ諸国に執り成してもらおうと
必死だったのに　その直前に起こされた
二〇〇一年九月十一日事件の真相は
米帝国政府が　よく　御存じだろうよ
何も知らずに　火災で焼き殺された
ニューヨークの会社員たち
有毒ガスに咽《むせ》びながら　消防士たちは
瓦礫《がれき》の資本主義に　圧殺されたのだ

二〇〇三年　三月二十日　夜明け前
イラクの首都　バクダッドで
石油まみれの砲声が　轟《とどろ》いた
北米大陸にある超大国は　七千年の歴史ある

メソポタミア文明破壊の暴挙に打って出た
虫けらのごとく殺され続けるイラクの人々
超大国の二世大統領は　父親に倣って
再び　人類文明の母胎へ
五百トンもの劣化ウラン弾を投下させた
白血病や癌《がん》にかかって亡くなる子供たち
現地のレジスタンス勢力によって
撃ち落された　米兵　英兵
彼らが　裕福だったら
志願しなかったに違いない

現代人は　愛することを忘れたのかしら
私の亡父は　もともと朝鮮人だった
辛珍秀《シンチンス》だって　旧満州で
祖国解放のために闘っていたのか
逃げ回っていたのか分からない
時には　ソ連兵に機関銃の先で小突き回されながら
共産主義運動　父さん！

性愛の彼方《かなた》　欲望をまたいだ金婚式の岸辺に
父を愛し抜いた　母がいる　雪路様
概念は　虚しい
けれど　叫ぼう
愛する　朝鮮半島よ　日本よ
憎悪を超えて　抱き合おう　生存を賭けて！

＊ハヌニム＝韓国語で「神様」の意味。

参考文献
『週刊金曜日』二〇〇六年九月十五日号
『ぼくは小さな灰になって…。』（御庄博実＋石川逸子著、西田書店刊）

黄昏《たそがれ》ジャパン――改作――

久しぶりに　キムチを堪能《たんのう》した夜は
荒くれた時代の金縛りにあったような全身が
心持ち　ほぐれてくる
紫陽花《チャヤンファ》が揺れ　遠浅の海辺を点描している
ある日　武力攻撃事態三法案という戦事法制が
韓国の民主化を象徴する大統領来日の道筋に
黒いじゅうたんのごとく　敷きつめられた
言論が凪《な》いだ日本の摩訶不思議
戦時体制の基盤が整うまで　アメリカ本国から
マフィアの親分みたいな国務副長官が来て
べったり張り付いていたな
火事場泥棒の北朝鮮による拉致事件を
見返る鏡を持たない報道が煽り立て
藻抜けの殻にされた　憲法論議

生き埋めにされた憲法第九条
アジアは望んでいない
日本国憲法第九条が〝白鳥の歌〟になるのを
有事法案に賛成した国会議員たちは
胃袋に　アメリカ文化の子種を宿している
彼らが　自ら投げ捨てた
立憲主義国家の面目
彼らの棟梁《とうりょう》は　宗主国の言いなりになり過ぎたので
首相か州知事なのか　見分けられなかったよ
奴隷根性が倒錯してしまい
靖国神社を　六回も参拝した　その後釜には
A級戦犯の外孫が首相に選出されるのだ
沈みゆく国に　まっとうな生存本能に
目覚めて欲しいのです

かてて加えて
次々と退けられた戦後補償の訴え
敗戦直後の八月二十四日　京都府の舞鶴港で

旧海軍の輸送船「浮島丸」が爆沈して
強制連行された朝鮮人たち五百人以上が
亡くなった事件があった
亡き父は「日本人が（舞鶴港に入港していた）浮島丸に、
ちょこちょこっと入っていって、ちょこちょこっと出て
来たのが目撃されているんだ」と言っていた
つまり　その日本人が浮島丸に爆薬を仕掛けた　と
さんざん　こき使われた挙句
海の藻屑となった　俘虜虐待の証拠物件
忘れまい

また夏が来て――改作――

朝鮮戦争が勃発してまもなくの
一九五〇年八月　わたしは生まれた
それから　物心がつく年ごろ
街角で　空きカンを前に置いて
体の不自由な　白ずくめの元軍人らしき
おじさんたちが　しょう然とした姿を
晒《さら》していたなあ
あの元傷痍《しょうい》軍人たちの中に
朝鮮人が　少なからず居たということを
後年　わたしは知った　遅ればせながら
日本人兵士だった人々には
軍人恩給が支給されるから
街角で乞食のようなことをしなくても
何とか　暮らしてゆけたはず

使い捨てにされ　最も深刻な被害に呻吟《しんぎん》するのは
旧日本軍従軍慰安婦だった女性たち
沖縄の女性にも　従軍慰安婦にされた人々がいるようだ
糸満市摩文仁の丘に
沖縄戦*で戦死した人々の名前を
敵・味方ともに刻んだ「平和の礎《いしじ》」がある
けれど　ヤマト側は　戦後も沖縄に
平和を取り戻させようとはしなかった
元大元帥昭和天皇が　連合国最高司令官だった
マッカーサーに　沖縄の半永久的な米軍支配を
申し出ていたのだ　自らの戦争責任を帳消しに
してもらおうと　一九四七年十一月に

ベトナム戦争の時　北爆のために
米軍機が　沖縄の基地から飛び立っていた
今　米英軍に侵略されているイラクと
日本本土の中継地として　沖縄で
自衛隊の比重が増えている　確実に

平和は　真夏に冷たい飲み物を
喉から手が出るほど欲しがるように
欲しがらなければ　手に入らない　届かない
なぜなら　さらなる金もうけを目ろんで
戦争を起こす政治家や大金持ちが
世界には　大勢いるから
だが　人間こそ　平和を編み出す哲学から
多くの市民を巻き込んだ平和への行動を
打ち出すことができる
そのことを　熱く　欲することが
未来への鍵だ　鍵穴は　憲法第九条！
連帯は　ゆるやかに　ゆるやかに
個々人の力で　ファシズムの芽を摘もう

＊沖縄戦＝狭い意味では、一九四五年三月に米軍が読谷村《よみたん》に上陸した同年六月までの地上戦を指す。「平和の礎」建立にあたって、沖縄出身者に限っては、一九三一年の満州事変から敗戦までの十五年全体を対象にした。

参考文献
『週刊金曜日』二〇〇六年九月八日号
『朝日新聞』二〇〇五年六月二十七日の「平和の礎　緑陰の追悼」
（船橋洋一記）

奈良の郷

その頃　母は診療所勤務の医師だった
幼ない兄と赤ん坊のわたしは
ハルモニ*に　かわるがわる
抱っこしてもらっていた　そうな
朝鮮風にお腹の前で　結《ゆ》わえて

わたしが三つの時　母が開業するため
引っ越ししてハルモニとは別暮らしになった
五十年も前のことですが　父はまだ朝鮮籍
小学校の臨時教師によって
兄は　盗みのぬれ衣《ぎぬ》を着せられた　ああ

わたしを風雨から守ろうとしたのか
ハルモニが亡くなった事も　お葬式の事も
父と母は　わたしには

いっさい知らせなかった
ハルモニの名前は　徐月南《ソウォルナム》

たしか　忠清南道で生まれた祖母
自己愛めいて気恥ずかしいけれど　わたしの
ペンネームと共鳴する　萩焼きのふる里は
韓国忠清北道の清州《チョンジュ》市あたり
ハルモニの故郷《コヒャン》に近いようです

十数年前　母方のおじいちゃんが二ヵ月ほど
わが家の二階で療養していた
昼御飯を持って上がったら
年季の入った声で詩吟を朗詠していた祖父
「いっしょに韓国の歌うたおうな」って
言ってくれたね

吉岡栄太郎は遺言で　世話らしい世話も
しなかったわたしに　お金を下さった

二冊目の詩集が出版できた
父方の祖父母と母方の祖父母　四人は
ともに　奈良の郷で眠っておられる

＊ハルモニ＝韓国語で父方の祖母、またはおばあさんの意味。

ゴドーを待ちながら*——改作——

人生は喜劇か悲劇か
来年の五月ごろには　ひとりで
病歴　四十周年の祝杯をあげるとするか
紅《あか》い芥子《けし》の花でも眺めながら

イエス・キリストにさえ
暴力的なところがあったという
ある時　ユダヤ教の神殿の境内に入り込んで
いくつか　屋台店を叩《たた》き壊していったそうだ
兄の誕生日はクリスマス・イヴ

やはり　仏教が最も平和的で安心だ
と言えるのは　出家した後の釈迦《しゃか》
他国の軍が祖国へ侵攻した時　王子だった
ゴータマ・シッダールタは祖国防衛戦争を闘っただろう

「コーランか剣か」と恐ろしげな
イスラム教だが　イスラム教に改宗すれば
命は助けてやるという意味
残虐だった十字軍より　はるかに寛容だ

宗教にすがっても　病いは癒《い》えないだろう
人類が進歩しているとは思えないから
後ずさり気味に　芒《すすき》をかざして外界《がいかい》を見る
思いっきり笑いかけてくれた父さん

わたしが栄光を浴びたのは過去
中学三年生の時と二十四歳の時
庭に猫が遊びに来る芥子粒ていどの楽しみ
あっ　猫に手を振ると消えちゃった

架空の独裁者　その出現が待望される
ゴドーを待ちながら
猫たちは生きているわけじゃない

人間だけが　芸術を創造する
悪魔から天使まで　知恵の輪を複雑に絡ませて

＊ゴドーを待ちながら＝フランスの劇作家・小説家であるサミュエル・ベケットが書いた不条理演劇。

『愛の迷路』あとがき

唐突な書き出しかもしれないが、今年の二月から小説を書き始めた。まだ約三十枚書けただけで、第一章をいつ完成させられるのか心もとない有り様。それで、わたしの詩人生をまとめる意味も込めて、四冊目の詩集を出版することにした。

わたしは、およそ十六年間にわたって韓国現代詩と朝鮮近代詩の翻訳を、平均して年に三～四編こなしてきた。韓国現代詩を訳していた時期は、翻訳がそれほど困難ではなかったので、わたしは自作の詩をじっくり時間をかけて練り上げることができたと思う。そして三冊目の詩集『わたしの道《ナエギル》』を結実させることができた。本詩集の読者には申し訳ないが、『わたしの道《ナエギル》』に匹敵する著作を、わたしは自作の詩集では出すことができないと確信している。けれど世の中はうまくできている。未完成な作品の方に美を見いだす人もいるのだ。

文学の本道は詩か小説か？　こういう設問そのものにあまり意味はないだろう。作者の気質にしても、詩を書いているが散文的な気質の人もいる一方、小説を書いているが詩人的な気質の人もいる。少なくとも過去には芥川龍之介のように詩人的な気質の作家がいたのは事実だ。さきほどの設問は、こう言い直した方がいいかもしれない。〝あなたはなぜ文学の形式として詩を選択するのか？　あるいはなぜ小説を選択するのか？〟と。

詩は小説よりも魂に近いように見えるが、活字になった詩は必ずしも疼《うず》く魂の反照にまでは到達していないと思われる。なぜなら魯迅も書いているように、自分の身におこったことは、ささいなことでも切実なのだが、その日、身に受けたと寸分たがわずには、とても書けるものではない。まして千刺し、万刺しとなり、一刀、一槍となっては、とても書けるものではない（『魯迅評論集』より）からだ。魯迅は作家だが、詩作の場合にも、人間に自己愛と記憶力の歪《ゆが》み・減退と他者への思いやりがあるかぎり、魂のうめきは詩連の間隙へ封じ込められるのだ。

フィクションの形を借りれば、登場人物それぞれにわたしの魂のうずきを、適切に配分しながら、小説が書けるかもしれない。散文的な野太い気質を有していないわたしが、小説なるものを書き続けるのは、新たな冒険というより綱渡りに等しいだろう。綱のはるか下に網は張られていない。

グスタフ・ヤノーホ（『カフカとの対話』の作者）によれば、フランツ・カフカは次のように語ったとされる。

「文芸は、ものに快い好もしい光をあてようと努める。文学の作家は、しかしものを真実と、純粋と、持続の域にまで高めるべく強いられている。文芸は快適をもとめる。文学の作家はしかし幸福をもとめる人だ。そしてこのことは、なにはともあれ決して快適なことではない」と。ヤノーホに対してカフカは、あまりよく考えないで、ものを言っていた、という説があるが、文芸《リテラトウル》と文学《デイヒトウング》との間に厳密な境界線を引いたカフカの言葉には、身が引き締められる。

『人形の家』で有名な劇作家ヘンリック・イプセンは、「創作とは自己に対する裁きである」と書いている。イプセンのこの言葉を引くと、本詩集の内容に対して、内心忸怩《じくじ》たるものがある。しかし詩を書くひとりであるわたしが、準戦時体制に腕組みばかりしておれなかったのだから、何ひとつ後悔していない。

「埃ざらしの年輪を／見ているだけの板塀がある」（金時鐘《キムシジョン》詩集『新潟』より）

「荒廃のまえの／最後のやさしさとなって／愛することは／海を渡ることだ」（石原吉郎の詩「海を渡る」より）

詩よ　살아봐《サラバ》　또《ト》　만나요《マンナヨ》（また会いましょう）

最後になりましたが、帯文を寄せて下さった金時鐘様、跋文を引き受けて下さった石川逸子様に深謝いたします。

二〇〇六年晩秋

5章　拾遺

集団的財産への参与、すなわち物質的な享受ではなく所有の感覚から構成される参与は、私有財産への欲求に負けず劣らず重要な欲求である。法的所有権というより精神状態の問題なのだ。真の市民生活がいとなまれているところでは、各個人は公共建造物、公園、および壮麗な式典を自分のものだと感じる。かくて、おおむね万人の願いもとめる奢侈がもっとも貧しい人びとにも与えられる。もっともこの種の充足を供給すべきは国家《エタ》だけでなく、あらゆる種類の集団もその任を負うのであるが。

『根をもつこと（上）』（シモーヌ・ヴェイユ著・冨原眞弓訳、岩波文庫）より

不死鳥のように

薄い絹のショールを肩にかけると
不死鳥のように
甦《よみがえ》る　初恋
はたちの頃　糸切り歯みたいに恋文を送った
謝君がくれた返信は　釣れない風情

再会を求めなかった　わたし
心の中で　うごめく　少年との想い出を
なくしたくなかった
中学二年の時　謝典《シャテン》ホーは将来の夢を語った
「こんな日本にいるより、中国へ行って……」
その時　少女は鉄　磁石に吸いつけられた
四十年以上も気づかなかった言葉の裏側
彼の兄達は三人とも京都大学に進学した
けれど　上の兄さんが
就職差別に遭っていたのかもしれない

高校一年の秋　ふらりと訪れたＫ高校
校舎の階段で擦《す》れ違った　散文精神の謝君と
校庭で　男子達が野球をやっていた
バッターボックスにいる朴《ぼく》君とわたしは
動脈と静脈　ひとつの心臓を流れる

歳月は　走馬燈のように回転する
一九九五年一月十七日　阪神・淡路大震災
尼崎市は神戸から電車でひと眠りの距離
そこで　朴君の両親は焼肉屋を営んでいた
新聞の死亡者名簿を　視線が這《は》っていた
幸い　朴という名も通名の羅《ラ》井《イ》という名も
わたしの視野に入って来なかったが……

一九九九年一月十七日　神戸市役所前での

震災四周年の追悼式に参加した
奮発して　花束を手向《たむ》けた

その花束は　〝花の伝言はいかがですか〟
という感じの花屋で買った
神戸市役所のもよりの駅に寄り添った店の
女店主は　幼なじみのターコちゃんだった
三十数年ぶりに邂逅《かいこう》した

幼い頃　ひっつき虫の朴君・ターコちゃんとわたしの三人で
よく　隠れん坊をしたものだ
その妙子《たえこ》さんの娘さんが　震災で亡くなった
倒れた家具の下敷きになって　十九歳で
（ターコちゃんですか。　ターコちゃんですね）
妙子さんに　花を見つくろってもらいながら
知らない花の名前を　尋ねただけ
わたしは　不用意な慰めの言葉を恐れた

今度　また会えたら「正実《まさみ》です」って言おう

（『地に舟をこげ——在日女性文学3号』二〇〇八年二月一〇日）

若人よ——韓国強制併合百年に寄せて

眠れない真夜中に起きて
あなたの住所を回復しました
さわやかな幸福感が胸をよぎります
毎日　緑茶を飲みます
その名産地に住む　若人よ

今は　就職活動で
多忙なのでしょうか？
それでも　拙著に
せめて葉書を下さいませんか
「映画　侵略上映委員会」の肩書に
惹かれて差し上げたのです

もし　勤め先が見つからなかった
わたしの秘書になってください

冗談ですが
杜甫の「春望」を繙《ひもと》くと
第一行にあなたの姓が刻まれていますね
皇軍と呼ばれた旧日本軍
もっと天皇制の戦争責任を追及すべきです

あの冬の集会における
わたしの発言
一番最初の言葉を活字にする勇気が
今のわたしには　ありません
若者に　わたしの筆名と住所を混同された
いつの日か　萩市の反戦集会で
再会しましょうよ

（「世界へ未来へ　9条連ニュース」二〇一〇年九月二〇日）

蜃気楼

夕刻　公園で
色とりどりのコスモスが
風に揺れている
可憐な花々の傍で
たたずむ者の心には
凝縮された寂しさが
浮き草のように
漂っているね
初老の女にとって
若者との恋は
あえかな肉欲をふくらませただけの
風船みたいなものだったのか？
わずか一年のやり取りで
破裂した

実父を　少年の頃
亡くしたらしい青年の
魂の裂け目に
飲み込まれて
消失した拙詩集『愛の迷路』
深い喪失感を癒すべく
育まれた　ねっとりとした
樹液のごとき自己愛
芸術性とは無縁の

未練がましく
Ｓ市のおでんを取り寄せた
泥臭い味がした
蒸気機関車に似合う味かも
耳鳴りが　汽笛のように
芸術家の端くれは
何よりも個別性を重んじる
過去の偉大な作家の誰をも

目指しはしないのだ

未開の荒野に　鉛筆と脚で
散文の楼閣を　築くだろう
恋破れて蜃気楼が見える

（「ふぇみん」二〇一二年六月二五日）

年始の誓い――改作――

軍靴の足音が　近づいている
戦争の放棄を謳う　憲法第九条は
久しく　獄中にあり
今や　息も絶え絶えだ

一九一九年三月一日から五月末まで
朝鮮で　三・一独立運動が起こった
筆舌に尽くし難いほどの犠牲者が続出した
その直後に発生したコレラで
あっけなく亡くなった　祖父《ハラボジ》は
広大なタバコ農園を経営していた
まだ数えで三歳*であった父は
父親の死が理解できず　一週間ほど
夕暮れになると　家の近くの道端に立ち泣きつづけた
三・一運動への参加人員は

(「世界へ未来へ　9条連ニュース」二〇一三年一月二〇日)

＊亡き父は一九一七年三月七日生まれで、この頃は満二歳でした。

二百万名を超すという
昨年末の日本の総選挙における
無効票と同じくらいの数だ
生活苦が生み出す　無気力な政治不信
まともな歴史教育がなおざりにされてきた
憲法第九条の価値に気づかない人々

しかし　平和憲法に「さようなら」を言うのは
まだ　ちょっと　早いのだ
獄に囚われながらも　彼女は
日本と東アジアの人々が　平穏に
共存することを願った　起草者たちの
熱意を　背負っている
制定された当時の日本は　大空襲・原爆投下などを体験
させられた故に
平和を　熱望していた
日本国憲法第九条を　活かすために
最後まで　闘いたい

爆ぜる音

男友達が　ひとりもいない夜の浜辺で
遠い過去に別れた恋人の幻影と
悔恨の枯れ枝で　焚き火しながら
対話しよう
五月三日の憲法記念日は　Sの誕生日
日本国憲法より一歳若い
65歳になる男《ひと》は　清々しい立ち姿で
わたしの脳裏に　浮かんでくる
けれど　今　生きているかどうか……
時たま　不安げな子鹿のような眼をして
生死の境を　越えたがっていた
実際　彼と焚き火を囲んだことは
一度もなかった
S．K．は若い頃　文芸評論を書いていた
戦争と武力革命を忌み嫌ったフランツ・カフカ
カフカの存在を教えてくれた男との関係は
火遊びとは　ほど遠いものだった

彼に　九州の先住民の血が少し
混じっているのではないかと思った
大阪港で　Sが親の実家について
話し始めた　その時　わたしは
さっと立ち上がってスカートを払った
彼は　その話を止めた
しばらくして　日朝混血のわたしに
仕返しの吹き矢が刺さった
今こそ　胸の奥深い所から　その矢じりを
引き抜いて　眼前の焚き火に投じよう
ほら　パチパチ爆ぜる音がする

S．K．に会いたくはないが
生きていて欲しい　最後の別れ際
振り払うように　文学を捨てた彼

二重の喪失を味わった　私の魂は
長い間　失語の沼地をさまよっていた

平和憲法が改訂されたら
東北アジアで
戦争が勃発するかもしれない
彼も深い喪失感におそわれるだろう
パチパチ爆ぜる音で
平和を祈願する松明《たいまつ》を燈し
高く　掲げつづけよう

（「河上肇記念会会報」二〇一三年八月三〇日）

暁の明星——アイロニー——

仕掛けられた恋に　はまりたくない
と思いながら　左手の小指に
透明な指輪をはめたかのように
進歩的で平和志向のあの男《ひと》のことが
蘇《よみがえ》った灰色の脳細胞を　駆けめぐる
しょっちゅう

近隣外交は無策の日本政府
傲岸不遜な歴史認識により始めた戦争準備が
市民の生活を息苦しくさせている
東アジアで　いつ戦端が開かれてもおかしくない近未来
長編小説を書き続けるために
30歳以上年下の温和な彼の存在は
わが小説を　完成の暁へと導く明星
ああ　そうであればこそ

もう　自由ではないわたし
この感情は　天からの贈り物よ

けれど　日韓混血であるが故に
悲痛な別離を体験したので
今のうちに幕を降ろそう！と思いつめて
破り捨てた　2通のファックス
かすかに喪失の旋律　流れるが……

あの男《ひと》は
「季刊三千里」という懐かしい雑誌を
古本屋で買い求めました
すでに　この世にはない2通目のファックスに
書いていたわ

昨年末　テレビの討論番組で
あるタカ派の言論人が
「第2次朝鮮戦争が起これば……」と
まるで年越し蕎麦《そば》を食べるように
言っていたっけ
朝鮮半島の軍事休戦ライン（38度線）は
旧日本軍における朝鮮軍と関東軍の
境界線だったというのに

今は亡き　文益煥《ムンイッカン》牧師様*
心打たれる追悼の曲「あなたが登る丘《クデオルヌンオンドク》」*を
朝鮮語で口ずさみつつ
あなたが登った復活（平和的統一）の丘へ
わたし達《ウリ》の中には入らない
永遠の寂しさを携えて　わたしも登ろう

少女じみた紙製の小箱の中で
知性を感じさせる眼鏡を掛けた
Hさんからの3通目のファックスと
わたしのそれらが
金箔と銀箔のごとく

重なり合っているね

＊文益煥牧師＝抵抗詩人尹東柱《ユンドンジュ》の幼馴《な》染みで詩人。一九八九年「亡命」韓国人で評論家・統一運動家の鄭敬謨《チョンギョンモ》氏と極秘裏に平壌《ピョンヤン》に飛び、金日成《キムイルソン》主席と会談し、統一問題を話し合った。帰国と同時に金浦空港で逮捕された。自称늦봄《ヌッポム》（春の終わり）
＊「그대《クデ》　오르는언덕《オルヌンオンドク》」柳형선《リュヒョンソン》作詞・作曲。

幻のホワイトデー

毒蛇のように絡み付く老人の頭を
切り落とすには
息子のように若い男性に　頼るしかなかった
恋《サラン》の悦楽を実感できたのは
最初の三ヵ月だけ
薄給の報道官《スポークスマン》に　依存し過ぎたため
ひとり芝居の初老の女性は
侮られていると被害妄想の毛皮を着て
三月十四日に　お返しのプレゼントなかった
わたしは　涙を流しつづけた

H．N．は　開ききって芳香の失せた白梅
あるいは　異次元空間の仮像の存在
味気無かった一年半　時たま夢の中で
抱き合ったり言い争ったりしたが

電話機を眺めては虚しく待ちつづけた便り《ファックス》
白衣の天使《キューピッド》は　毒蛇の頭をつかんだ
その日から　此岸《しがん》と彼岸《ひがん》の間に架けられた
綱の上　震えつつ
この世とあの世を
行きつ戻りつしている

大日本帝国への反逆

一九〇一年　東京で産声を上げた尾崎秀実《ほつみ》は
戸籍の上では　メーデー（五月一日）が誕生日
赤ん坊の時　両親に伴われて台湾に
東京では貧乏ジャーナリストだった父の秀真《ほつま》
新植民地では　彼も家族も羽振りを利かせた
出身地の岐阜で　神道と国学を修めた
国粋主義者の秀真だったが
大和民族が中心となった二〇世紀の
アジアにおける文藝復興を信じていた
父親から中国語を教えられ
孔子・孟子などの中国学の
深い森林へと導かれた秀実
台湾の少数民族である「高砂族」を
武力で同化させる作戦行動に参加した秀真に
日本民族の優秀な資質と使命を吹き込まれた

少年時代の秀実は　父に対して無批判だった
　奥山で兄といっしょに採集した昆虫は
　　どれも皆　宝石のように光っていた
　小川の水は清らかに澄んでいて
　ひと泳ぎして見上げた山々の緑青が
　　目に眩しいくらいだったなあ
自由奔放な母親から受けついだ気質と
南国の風土が　次男を開放的な性格にした
後年　兄と離婚した英子と結婚する秀実

東京に戻った尾崎は　一九二二年
東京帝国大学の法科に入学
一九二三年九月一日　関東大震災が起こる
その直後に発生した　軍隊・警察・自警団による
朝鮮人の大虐殺、中国人、社会主義者たちの殺戮に
魂を震撼させられた尾崎
彼は大震災の頃から　マルクス主義に接近し始める
一九二五年五月　東京帝大大学院に進んだ尾崎は
「中国問題」を学び始めた
この年に　上海や広東や香港で高まり始めた
中国革命の気運
翌年五月に彼は東京朝日新聞の社会部勤務となる
一九二七年一〇月には　尾崎の希望が叶って
大阪朝日新聞の中国課に異動
一九二八年十一月　新聞社によって
〝帝国主義と民族主義との矛盾の結節点〟である上海に
派遣された秀実
当時人口約三〇〇万の世界有数の大都市は
前年の四月に蒋介石軍によって占領されていた
尾崎が上海にやってくる直前に
蒋介石が樹立した南京新政府が
大英帝国や米国と密接に結びついているのを
彼は　ひとりのアジア人として嫌悪したが
同時に　日本軍国主義の醜悪さと
それに激しく反発する中国人の叫びに
真正面から　向き合うことになった

一九二九年後半　尾崎は
常連だった上海ツアイスト・ガイスト書店の経営者から
アグネス・スメドレーを紹介される
彼女は当時フランクフルター・ツァイトゥンク紙特派員で
さまざまな左翼運動の闘士として名を馳せていた
尾崎は　男まさりのスメドレーと
親しく交際するようになる
一方　ソビエトでは
一九二九年に　スターリン体制になり
リヒャルト・ゾルゲはコミンテルンから
赤軍第四部に配属替え　モスクワで赤軍第四本部長の
ベルジン大将が　彼に中国派遣を命ずる
一九三〇年一月　ベルリンの社会学雑誌の特派員として
上海にやってきたゾルゲは
居を構えるやいなやグループづくりに着手した
一九三〇年晩秋　スメドレーのアパートで
運命の鶴嘴を絡めた　ゾルゲと尾崎

政治学の博士号を持つドイツ国籍のスパイは
尾崎秀実を　中国情報の宝庫であり
日本が中国に抱いている野心についての
教師だとみなす
一九三一年九月一八日　関東軍は
奉天郊外の柳条湖で南満洲鉄道の線路を爆破
いわゆる満洲事変である
上海では　一九三二年一月三〇日以後
日本の陸戦隊と中国第十九路軍との間で
戦いが起こった　この上海事変の最中
朝日新聞社は尾崎に
大阪本社への帰任を命ずる
引き留めるゾルゲの申し出を断り
帰任命令に　ただちに従った尾崎の
心の底にあったのは祖国・日本への憂国の情か？
上海にいた日本の特高に　尾崎は目をつけられていたようだ

中国に派遣されるまで　モスクワで一緒に
暮らしていた妻クリスティアーネとゾルゲは
溝ができていて　ドイツ人の妻はアメリカへ
ゾルゲは
ロシア語の教師であるエカテリーナ・マクシモブナ
愛称「カーチャ」を深く愛するようになる
一九三三年秋　日本への派遣が決まると
ゾルゲはカーチャと再婚したのだった
ＫＧＢ＊の資料に残された
ゾルゲからカーチャへの手紙　十二通
約十年後　カーチャと子どもは
スターリン治世下で　悲劇的な結末を迎える

一九三四年春　宮城《ミヤグスク》与徳が連絡係になって
ゾルゲは奈良公園で　旧友の尾崎と再会した
ソビエト防衛のため情報収集に協力してほしいという
諜報団の首領の申し出を
前途洋々の政治評論家は
断崖から飛び降りるほどの決意で受け入れた
思想上の祖国であるソ連邦のために
諜報活動へと翻身した秀実であった
一九三四年秋　朝日新聞社が設立した
「東亜問題調査会」の運営メンバーとなるため
東京に移った尾崎を　ゾルゲは歓迎する
一方　ゾルゲはすでにドイツ大使館で
確固とした地位を築き上げ
さらに　情報を正確に評価するために
日本を徹底的に研究した
七年後の早朝　官憲達がゾルゲの自宅に踏み込んだ時
彼らの目に飛び込んできたのは
千冊を超える　日本に関する書籍であふれた本棚だった
英訳万葉集の背文字を目にした
官憲のひとりは鼻白んだだろう

盧溝橋事件が起こった一九三七年の秋に
近衛首相の顧問機関として設けられた

朝飯会のメンバーに　尾崎は名を連ねた
ほかの関係筋よりは朝飯会で
多くの情報を得ていた　ゾルゲの盟友
満州（中国東北部）とモンゴルとの国境で勃発した
ノモンハン事件（一九三九年五月〜九月）の最中に
独ソ不可侵条約が調印され　その上
同年九月一日には　独ソ両国は
示し合わせて　ポーランドに侵入
かくして　第二次世界大戦が始まった
ロシアではカルキンゴルの戦いと呼ばれる
ノモンハン事件はソビエトの勝利に終わった
以後　日本は南進策へと急に方向転換する
一九四〇年（昭和一五年）九月
外務大臣松岡洋右が主導して
日独伊三国同盟が締結される
日独両国からの挟み撃ちを恐れたソビエトは
一九四一年四月　日ソ中立条約を締結する

一九四一年一〇月一五日朝
特高は尾崎検挙のため　彼の自宅を襲った
ゾルゲが逮捕された一九四一年一〇月一八日
第三次近衛内閣は総辞職し
東条内閣が跡を継いだ
一九四一年一二月八日　日本海軍はハワイ真珠湾を「奇襲」攻撃
日米開戦を待ち望んでいたルーズベルト大統領
ゾルゲグループはアメリカのスパイにも
ルーズベルトが舌舐りする情報をリークしていたようだ
一九四三年五月一五日　スターリンの思惑によって
コミンテルン*は解散させられた
獄中で　このことを知った
ゾルゲと尾崎の胸中に去来したのは
国際共産主義の理想が瓦解する大音響だったろうか
特高によるすさまじい拷問で魂の失聴を味わった尾崎だった
一九四四年一一月七日　ロシア革命記念日の朝

二人は巣鴨刑務所で　絞首台の露と消えた
ゾルゲ四九歳　尾崎四三歳であった

＊コミンテルン＝共産主義インターナショナル。別名、第三インターナショナル。

＊KGB＝ロシア語風に読むとカーゲーベー。ソ連の国家保安委員会。国家体制擁護のための国内外の情報活動、反体制活動の取り締まりなどを主要任務とする。

参考文献

『ゾルゲ事件とはなにか』（岩波現代文庫）
『国際スパイ　ゾルゲの真実』（角川文庫）
『オットーと呼ばれる日本人』（講談社文庫）
『ゾルゲ追跡』（筑摩叢書）
『ゾルゲ事件』（平凡社新書）

（「風のたより第8号」二〇一四年一二月）

架空の訣別

真夜中　霊と肉体のアンビヴァレンスに裂かれて
鎧《よろい》に身を固めようと決めた
蔦《つた》の絡まる古城に籠もっていた
初老の女剣士は　羽根ペンを刃《やいば》にして
傷口に塩を擦り込むような
居丈高な文言の手紙を
数羽の伝書鳩の足首につけて
勢いよく都の城へ　飛ばした
そこには　拙小説の主人公たちの
愛の交歓シーンを書くのに必要だった
覆面をした鎧なき騎士が住んでいる

泣き叫ぶ　詩を書く女《ひと》
近い将来　彼を喪失する不安にかられた
初老の女は「お互い新しい相手を探そう」と

冷ややかに提案して
訣別の時期を　計っていた
破棄した三通のファックス
今だに　恨んでいるのかしら
騎士は折衝の任を務める
重臣たちの前でだけ　覆面を取るのだ
時には　泣きながら

誠実でりりしい文面《ファックス》を
繰り返し読んでから
感情の深みにはまるのを
恐れていたのだろうか？　わたしは
今は　ただ恋の残り火がちろちろ燃えているだけ
自由になりたかったのか？　心の底には
結石のように確かな寂寥感があった

わたしには寡黙な　鎧なき騎士よ
時代は　風雲急を告げ　きな臭いかぎり
悪法がのさばる不毛の野原を
栗毛の馬に乗って　傲慢な専制君主の支配に
背反し続けようぞ
鎧を脱いだ女剣士は
錆びついた剣を投げ捨て
白馬にまたがり　覆面を外したそなたとともに
表現の荒野を　ゆったりと
駆け抜けよう

付記　「共謀罪」法が成立する前日（六月四日）神戸に小説の取材に行った時、日本共産党の人々が、三ノ宮の街頭で〝共謀罪法案の廃案賛同〟の署名を集めておられたので署名しました。

小さな木舟

たとえ　金色の帆を張っていても
恋する心は　大海原を漂う
小さな木舟のよう
嵐の前の静けさに似た
不安に満ちている

牛に引かれて善光寺参り　ではなく
丑《うし》歳の方に導かれて
まだ　行ったことがない
済州島《チェジュド》の土を踏んでみる
一九四八年南朝鮮での単独選挙に反対する
民衆蜂起に端を発した
済州四・三民衆武装抗争で
猛威をふるった血なまぐさい弾圧
元親日派の申し子たちよ
数多くの犠牲者が出た
気の遠くなるほど　長い歳月
表立って悲しむことすら禁忌だったという

半世紀前　今は亡き父に下さった
『鴉の死』を読んで　文学の雷に打たれた
四十年前の青ざめた頬をした　わたし
胸の避雷針が　作者の名前を受け止めた
あの方は　長年　探し求めてきた
わたしの朝鮮かしら　強靭で謙虚な

ああ　そうだからこそ
からかわれると　傷ついたふりをして
蝸牛《かたつむり》のように　殻の中に引っ込みたくなる

早春に　白く気高い花を枝いっぱいに
咲かせる大樹の白木蓮よ　いつまでも
あなたを　敬慕していたかったのですが……

離れた西の地方で　おもむろに開花する
小ぶりの紫木蓮は　いたずらっ子みたいな
銀色の風に煽られながら……

参考文献

『朝鮮と日本に生きる——済州島から猪飼野へ』（金時鐘著、岩波新書）

6章　エッセイ

朝露のような　プロメテウスのような

韓国現代詩についての執筆を引き受けたものの、資料不足で、あまりきちんとした文章が綴れそうにない。このことを、まず読者にお詫びしておきたい。

わたしは、一九九一年六月に智異山で、不意の事故によって他界した高静熙《コジョンヒ》（一九四八～九一年）詩人に惹かれている。彼女は韓国神学大学を卒業して、キリスト教の信仰を持っていたようである。十一冊の詩集を残している。次に掲げる「傷ついた霊魂のために」という詩がどの詩集に収録されているか判然としないが、初期の『誰がひとりで杯《さかずき》を踏んでいるのか（七九年）』・『失楽園紀行（八一年）』のいずれかではないかと思う。

傷ついた霊魂のために

傷ついた葦でも　空の下では
季節中　たっぷりと揺れるだろう
根さえ深ければ
根っこが切られても　新芽は萌え出るだろう
思いっきり揺れよう　傷ついた霊魂よ
思いっきり揺れて　苦しみを嘗めよう

根浅く揺れている浮草の葉でも
水がたまれば　花は咲くだろう
この世の中　どこにでも小川は流れて
この世の中　どこにでも明かりは点るように
行こう　苦痛よ　肌を合わせて　共に行こう
孤独だと思い込んだら　どこにも行けないだろうか
行こうと命を賭ければ　沈む陽が問題だろうか

苦痛と悲しみの土地をさっと通り過ぎて
根の深い野原に立とう
二本の腕で防いでも風は吹くように
永遠の涙というものは無いのだ
永遠の悲嘆というものは無いのだ
真っ暗な夜でも　空の下では
相携える手　ひとつ　来ているであろう

（萩ルイ子　訳）

詩人の崔夏林は〝高静熙の詩は実存的な苦悩を重要なモテ

ィーフにしているので、対象の追求が熾烈になって、緊張感のある反復性を醸し出している〟と書いている。

また文芸評論家の金柱演は〝高静熙は集団の痛みや民族の悲しみを、センチメンタリズムや虚しいスローガン調の憤怒に陥らずに、確実に表現できる稀《まれ》な才能の詩人のようである。〟と高く評価している。

「週刊朝鮮」一九九二年八月二日号の文学欄には「高静熙遺稿詩集」『すべて消えゆくものは後に余白を残す』は、彼女がフィリピンにおける脱植民地の詩と音楽のワークショップに参加して体験し悟った方法を土台に置いて、いわゆる第三世界の立場から第三世界の民族どうしの同質性を確認しながら、世界史的な問題に接近していたという点が特徴的だ。」と書かれている。全羅南道の海南《ヘナム》生まれ。

抵抗詩人　金芝河《キムジハ》（一九四一～）について書くのは荷が重いが、抜かすことのできない芸術家であろう。金芝河詩人の本名は金英一。朝鮮半島の西南、湖南と呼び伝えられる全羅南道の木浦《モッポ》で生まれた。一九六九年ソウル大美学科卒。一九七〇年五月、瓢譚詩『五賊』を発表し権力層を痛烈に諷刺したために、反共法違反で逮捕された。獄中生活は七年を越え、一時は死刑判決まで受けたが、一九八〇年に釈放された。その後、『五賊』は共同制作だったことが判明した。

第一詩集『黄土』（一九七〇）には、民衆をよりどころにした深い叙情性が流れている。彼の詩における造語力は独創的であるが故に、難解な場合もある。また、金芝河の詩における批評性は鋭く、事象の本質に肉迫している。次に掲げる「ヒマ*の神風」は『タリ（橋）』誌一九七一年二月号に発表された。

ヒマの神風——三島由紀夫に——

どうってことないね／朝鮮やろうの血を吸って咲く菊の花さ／奪っていった金物《かなもの》の器を溶かして鋳《い》った日本刀だということさ／何がたいしたものか／おまえは知らなかったのか／悲壮凄絶で／そうとも凄絶だとも／凄絶悲壮で／凄絶な神風も／どうっていうことないね／朝鮮やろうのヒマを気狂いのように食らって／狂ってしまった／風じゃないか、狂ってしまった／おまえの死は／植民地に／飢えて病み縛られたまま叫びつつ燃える植民地の／死の上に降り注ぐ雨だ／歴史の死を歌う／昔の軍歌だ／どうっていうことないね／裸の女兵が裸の娼婦たちの間に突っ立って／かって気ままに歌いまくる狂った軍歌さ。

＊ヒマ＝元来髪油用として庭隅に植えたものだが、第二次大戦中はガソリンの代用として大量に植えられた。

（対訳『詩で学ぶ朝鮮の心』大村益夫編訳　青丘文化社より）

この詩の最後の二行は、比喩として巧みだが、三島由紀夫と楯《たて》の会のメンバーを裸の女兵と裸の娼婦たちにたとえられるのは、女性のわたしには居心地が良くない。けれど天皇制の批判にまで及ぶ迫真性を発揮したこの頃の金芝河は、人類のために火を盗んでゼウスから地獄のような責苦を受けた、東北アジアのプロメテウスだったかも知れない。

一九七〇年秋の事件を見て、作家の大岡昇平がエッセイ集『成城だより』に「三島由紀夫はあわてものだ。」と書いていたが、その通りの時代状況になりつつある。歴史の死を歌う方向からではなく、過去の侵略戦争を反省した上で、金芝河の生命思想を学ぶのも、歴史の逆行を食い止めるひとつの方法であろう。正直に言って、出獄してからの彼の律呂思想*は道教から来ているのだろうが、わたしには付いてゆけない。

＊律呂思想＝『朝鮮語大辞典』（角川書店）によれば、中国の代表的音楽理論書に『律呂正義』という書物がある。私見だが、金芝河の律呂思想は道教の「気《き》」の思想（一種の生命思想）に「律呂正義」の音楽理論を組み合わせて編み出されたもののようだ。

（「詩と思想」二〇〇二年八月号）

心の芯が凍りつく

9条改憲をもくろむ第2次安倍内閣が発足した。軍靴の足音が近づいていると思うと、心の芯が凍りつくような気がする。日朝混血の私は小学生のころから、日本と朝鮮半島の平和を願いながら生きてきた。配偶者が日本人である作家の高《コ》史明《サミョン》さんの息子さんは、12歳で自殺した。誰にも打ち明けたことはないが、私も10歳ぐらいの頃、小学校の屋上から飛び降りようと発作的に考えたことがあった。自宅には、旧日本軍の蛮行に関する父の蔵書がたくさんあった。幼少期、私はそれらの本の背文字を眺めて心を痛めていた。かてて加えて、教育パパ然とした父と担任のI先生の折り合いが良くなかったので、私は両者の板挟みになったような具合だった。

東京大空襲・原爆投下などについての被害者意識だけで、憲法9条の改憲に反対してきた人々が多いように思われる。「遅かりし由良之助」かもしれないが、今一度、日本よ、日本人の良心を掘り起こしてほしい。敬愛する母の国、日本よ、かつての戦争で、アジア諸国民を少なくとも2千万人殺戮《さつりく》した歴史的事実を忘れないでください。涙とともに私は書いている。

　総選挙後、「亡命したい」と嘆いている人もいるようだ。韓国人にはやさしい人もいるが、すぐにきつい冗談を言う人もいる。晩年は韓国の田舎で暮らそうかとも思うが、日本に対する憎悪を向けられるかもしれないので尻込みしてしまう。


（「ふぇみん」二〇一三年一月二五日）

敬愛すべきスロモー　河上肇博士

　来年の九月で河上肇記念会に入会して十年になる。入会する五年ぐらい前に、評論家の加藤周一さんを講師に招いた河上会の記念講演会が、京都大学であり参加した。その席で加藤周一さんは、「河上肇がブルジョア経済学から出発して、マルクス経済学に到達するのに、二十年かかっています。ブルジョア経済学からマルクス経済学への転化に、二十年の年月を要したことを、私は貴重だと思います」という趣旨のことを述べられた。それを聞いた私は、自己の思想を根源から転換するのには、長い歳月がかかるのだなあと驚き入った。人間の思想という骨太な話に触れ、まず河上肇のそういうスロモーな所に魅かれ始めた。

　それから数年後、三冊目の拙詩集『わたしの道』を出版して一海知義さんに差し上げたら、『漱石と河上肇』という御著書を下さった。帯文には〝すべての学者は文学者なり。大なる学理は詩の如し〟という河上肇の言葉が引用されている。経済学とは無縁で、河上博士も驚くほどののろまである私は、その帯文とエッセイに誘われる形で、翌年やっと河上会に入会した。

その時の拙詩集に、私はリヒャルト・ゾルゲについての長い詩を収録している。河上肇が検挙された一九三三年に、赤軍情報機関第四部の指令によって、ゾルゲは日本に派遣された。この年の二月に小林多喜二が特高に虐殺されている。コミンテルン（共産主義インターナショナル）と赤軍情報機関は異なる団体だが、コミンテルンは小林多喜二の虐殺だけでなく、河上肇が検挙されたことも、もちろん把握していただろう。

昨年の秋、知人の山河進さんから一九四六年、河上肇の死の直後に刊行された「世界評論」七月号をいただいた。その古い雑誌に河上博士の「マルクス主義への道」（自叙伝五）と題するエッセイが載っている。マルクス主義の文献といえば、マルクスとエンゲルス作の『共産党宣言』を読んだだけの私にとって『自叙伝』のこの部分は猫に小判のようなものかも知れない。けれど文節のあちこちから、経済学者としての良心を貫こうとする河上肇の決意が伝わってくる。時代に暗雲が垂れ始めてから、学者として書斎の生活よりも、実践活動を重視した人物に尊敬の念を抱く。河上肇が目から鼻に抜けたような秀才型の人ではなく、粘り強く努力する人であったことで、人間の可能性が信じられる気がするのだ。

「旅の塵　はらひもあへぬ　我ながら　また新たなる　旅に立つかな」　求道の人の短歌に励まされ、私も詩作から小説への道をゆっくりと歩み続けていこう。

（「河上肇記念会会報」一〇〇号記念号）

國弘正雄さんの思い出

『毎日新聞』で國弘正雄さんの訃報に接した。二〇一四年十一月二十五日にお亡くなりになったのだ。

二〇〇〇年三月、御茶ノ水の中央大学駿河台記念館で開催された、護憲の集会で國弘さんにお会いした。慢性鼻炎をわずらっている私が講師が講演中に、ずっとティッシュで鼻をかんでいるのを、時々振り返って心配そうに見ておられた。

氏は三木内閣の顧問に就く際、〝自民党には投票しない〟ことを了承させた、リベラルの筋目を通した人だった。参議院議員を一期勤められて以後、月刊『軍縮問題資料』編集長やエジンバラ大学特任教授のかたわら、平和運動に参画しておられた。

十年ぐらい前に『読売新聞』に掲載された、ご自分がインタビューを受けた記事のコピーを送って下さった。その談話の中で、神戸大空襲で正雄少年がお兄さんと慕っていた近所の若い男性が、ご自分の腕の中で亡くなったことが、戦後平和運動に参加する原動力になったと語っておられた。

國弘さんは現天皇に専門分野を進講していた象徴天皇制を是認する人で、天皇制に反対の私とは、天皇制に関しては一線を画していた。けれど私は〈國弘さんほどの人なら天皇に良い影響を及ぼすだろう〉と考えていた。実際、当時の『軍縮問題資料』に氏が現天皇から告白された敗戦末期の軍部上層部と天皇家の内幕が、解説されていた。敗戦前の数ヵ月間、昭和天皇を引き降ろして皇太子（現天皇）を担ごうとする勢力が出てきて、あわや近代の南北朝かと当時の皇太子は肝を冷やしたそうである。『木戸幸一日記』によれば、一九四五年二月の近衛の上奏「もういいかげん、終戦へ向けて努力なさったらいかがですか」に対して、昭和天皇は「もう一度戦果を挙げてからでないと、それはなかなか難しいと思う」と返答したからだ。

國弘さんについて感銘深かったのは、旧社会党が社民党と新社会党に分裂して以後、新社会党に国会の議席を獲得させようと必死に応援されていた姿だ。とにかく真面目で紳士だった。

氏が同時通訳者として活躍されていた華やかな様子を、私はテレビを通してしか知らない。参議院議員を辞められた直後だったか、父親のブッシュ大統領がさまざまな卑劣な手段を用いて他国籍軍を形成して、第一次湾岸戦争へと突入していった顛末を、國弘さんは『世界』誌上で鋭く批判しておられた。

十一年もアメリカで暮らしていたことを、後年苦みを感じつつ思い起こされていた。

國弘正雄さんのご冥福をお祈りします。

（『世界』二〇一五年二月）

今こそ抵抗精神を発揮しよう

戦後七〇年の今夏、石川逸子さんの講演録『戦争と核と詩歌』（スペース伽耶）が出版された。鋭い感性の持ち主だった原民喜の「水ヲ下サイ」と、峠三吉の「八月六日」、この二編に心打たれたが、家族を皆亡くした林幸子さんの詩「ヒロシマの空」は惨状の描写に慄然とする。

広島の被爆で死んだ二〇万人中、その一割の二万人が朝鮮人だ。一九五四年に生まれた韓国の高炯烈《コヒョンヨル》さんが書いた『長詩　リトルボーイ』の一節は、卓抜な着想から湧き出る同胞愛が麗しい。長崎の被爆者・福田須磨子さんの「ひとりごと」も貴重な詩だと思う。

電力会社の人々にとっては東京の植民地である、福島県在住の若松丈太郎さんはチェルノブイリ事故の後、かの地を訪ねた。そのことを詠んだ詩「神隠しされた街」は、福島原発大事故を予感していたかのような記録《ドキュメント》だ。

A級戦犯も含む皇国への殉教者を合祀《ごうし》する靖国神社は、侵略思想を強力に発信している。高橋哲哉さんの著書『靖国問題』（ちくま新書）によれば、靖国神社と日本は、遺族の知らぬ間に一方的に合祀した人々の合祀取り下げを拒否したのみならず、あろうことか植民地支配の被害者を、加害者と一緒くたにして日本の『神』として祀り続けているのだ。

台湾が日清戦争の戦勝国・日本に植民地にされた一八九五年、朝鮮王朝の王妃明成《ミョンソン》皇后は三浦梧楼らによって殺害された。この時、三浦悟楼らの日本人グループの中に、歌人の与謝野鉄幹が加わっていたとされる。石川逸子さんの詩「夢に見ない町」は、一九〇七年秋に日本軍によって焼き殺された朝鮮の堤川《チェチョン》の人々に内省的に寄り添う。

初秋に安全保障関連法（戦争法）が強行採決によって成立した。民主主義を取り戻すために声を上げ続けよう。

（「ふぇみん」二〇一五年一一月一五日）

異父兄妹

敗戦直後、日本共産党に入党した私の母・吉岡雪路は、二十三歳の時には共産党傘下の診療所に医師として勤務していた。とても美しく気立てのやさしい母には、三人も求愛者がいた。診療所は多分今の東大阪市内にあったのだと思う。求愛者のひとりは京都帝大医学部を出た同じ診療所に勤務していた医師で、地方にある素封家の息子だった。その人は母より十歳近く年上だったようだが、まだ独身だった。母はその医師のアシスタントをしていた。二人はプラトニックな関係だったが、勤務を終えるとたいがい一緒に帰宅の途についた。彼女の目には男前には見えなかったが、ある看護婦から「あの先生、ハンサムやね」と言われていた医師は、帰宅の道すがら時々横にいる母に軽く体をぶつけたりしていた。

戦後しばらくは、日本人の男性には異性に対する引っ込み思案に捕われた者が多かったのかも知れない。日本共産党の会合の後、雑談の席でその先生は、傍にいる母を意識しながら、「僕ぐらいの年になると、恋愛はちょっと（無理だ）ねえ……ハハ」と照れ隠し気味に言った。私の父・辛珍秀《シンチンス》も当時共産党員で、ブローカーをしていた。彼は小学校もろくに卒業していなかったが、独学で日本語を習得して「赤旗」に記事を書いていた。辛は細胞*だが美貌の医師である母を獲得しようと、その機会をうかがっていた。母は上司の医師に惹かれながらも、整った顔立ちの辛が生き生きと喋る話の面白さに魅了されてもいたのだ。

　三人目の求愛者は、彼女と同じ診療所に勤務していた若い薬剤師で、この男性が兄の実の父親なのである。ある時、素封家の医師に実家で見合いの話ができて、彼は実家で見合いをした。その話を父から聞いた母は急に「ああ、あの人にとって私の存在は何だったのだろう?」という失速感に襲われたに違いない。若い薬剤師も身近にいる美しい女性である母に好意を抱いていた。とある夕刻、彼女は半ば捨て鉢な気分で二枚目だが頼りなさそうな薬剤師をデートに誘った。その夜、この男は愛されていると錯覚し、母は愛のない一夜だけの抱擁に身を任せてしまう。

　翌日の昼休みに、職場の片隅で泣きながら「結婚してください」とすがりつく若い男性に、母は(子供みたい)と腹の中で冷笑しつつ拒否の返事をしたのだ。吉岡雪路は戦時中から日本が朝鮮を植民地支配していることに深い負い目を感じていた。しばらくしてから彼女は六歳年上の辛珍秀のプロポーズを受け入れた。

　この話には後日談があるのだが、蛇足になるのでこれにて筆を置く。

＊細胞＝組織の単位となっている小さな組織または個人。

二〇二一年三月二〇日

著者紹介

萩 ルイ子（はぎ・るいこ）
1950年、大阪府東大阪市生まれ。
詩集『幼友達』（鳥語社、1987年）
詩集『白磁』（まろうど社、1992年）
詩集『わたしの道』（清風堂書店出版部、2001年）
詩集『愛の迷路』（新幹社、2007年）
住所
〒565-0804　大阪府吹田市新芦屋上10-1-203

鬼火 萩ルイ子集成詩集

2021年7月15日　第1版第1刷発行
著　　者　萩ルイ子　©2021年
発 行 者　小番 伊佐夫
装　　丁　Salt Peanuts
組　　版　市川 九丸
印刷製本　中央精版印刷
発 行 所　株式会社 三一書房
〒101-0051 東京都千代田区神田神保町3-1-6
TEL: 03-6268-9714
振替: 00190-3-708251
Mail: info@31shobo.com
URL: http://31shobo.com/

ISBN978-4-380-21001-3 C0092
Printed in Japan
乱丁・落丁本はおとりかえいたします。
購入書店名を明記の上、三一書房までお送りください。